文庫

異邦の使者 南天の神々

中村ふみ

講談社

目次

異邦の使者《いほうのししゃ》 南天の神々《なんてんのかみがみ》

登場人物

イラスト 六七質

飛《ひ》牙《が》

徐国の元王様。当時の名は寿白《じゅはく》。天下四国の英雄殿下。

裏《り》雲《うん》

飛牙の乳兄弟。央湖のほとりで猫と暮らす白翼仙。

アヤン
マニ帝国の皇子。毒により生死を彷徨《さまよ》っている。
ダーシャ
南異境のクワール族の娘。アヤン皇子の正妃。
シュバンシカ
マニ帝国皇后。三年前に皇帝ムハンマと結婚。

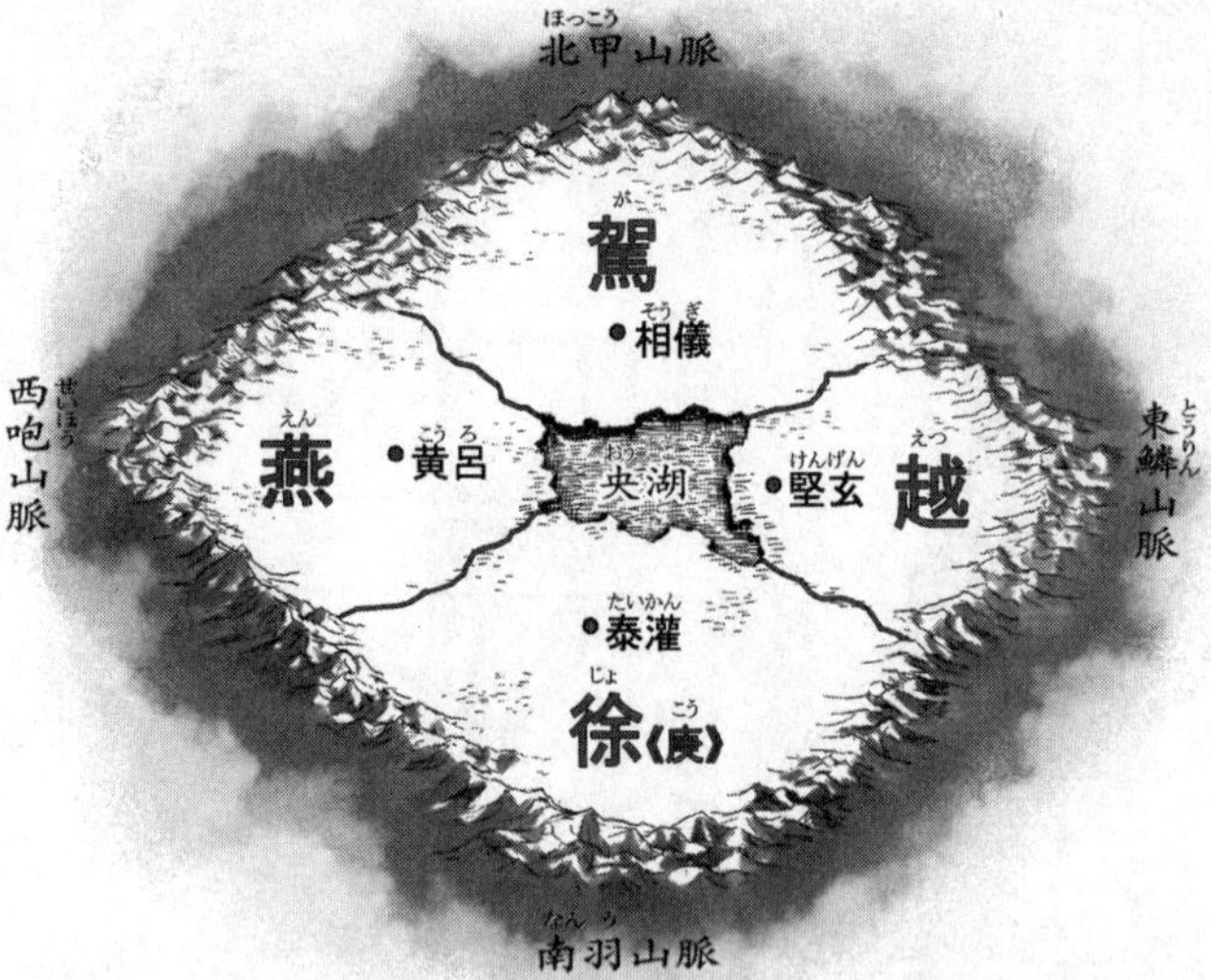

地図作成・
イラストレーション／六七質《むなしち》

異邦の使者　南天の神々

第一章

一

四つの大山脈に囲まれたこの地を古来より民は天下《てんげ》と呼んでいた。

それが四つに分かれ、天下四国《てんげしこく》となった。

だが、山脈の向こうではまた違う。

西異境の一部では現地の言葉で〈東獄《とうごく》〉というような意味で天下四国を表現する。つまり天然の要塞に囲まれた地を牢獄《ろうごく》と捉えていることになる。閉じ込められたこの民は囚人のようなものに見えるのかもしれない。未知の異国に対してはそんなものだ。

また南異境ではこう呼ぶ。〈山界《さんかい》〉と。

山の中の世界への畏怖とある種の敬意が込められていた。

大山脈をたった一人で越えてきた少年ヒガは異神とも渾名《あだな》された。たゆたう大河、雪景色にも似た塩田、荒涼たる金色の渓谷——すべてが少年を魅了した。

あれが海、水平線。嘘《うそ》のように鮮やかな南の海原。潮風の心地よさ、砂浜の感触。空の色までが違うようだ。この神々の異世界を憑《つ》かれたように歩き回った。

背負わなくていい。悪党でいい。自由に生きて、自由に死ぬ。山々に囲まれたあの地では決して叶《かな》わなかった夢。

すべてを捨て、ここで生き直す。傷つき泥に塗《まみ》れた魂は少しずつ癒やされていった。それでも根っこはどうにもできない。

疼《うず》いて疼いて、忘れるなと責めたててくる。

結局、祖国へ帰ろうと決めた。それが望郷の想《おも》いか、過去の清算であったかはわからない。

南羽《なんう》山脈は高く長く大地を隔てる。

飛牙《ひが》はその山並みを眺めながら当時のことを思い出していた。

「でかい虎がいるんだよな、ここには。象みたいな虎がさ」

玉《ぎょく》を身の内に収めていた飛牙は暗魅《あんみ》に襲われることは稀《まれ》だった。しかし、獣はそうもいかない。必要に迫られ、山越えの間に獣心掌握術は磨かれた。

玉も術も持たない人が一人で越えるのはまず無理だろう。

「私は象という生き物を直《じか》に見たことがないが、師匠は見たのだろうな。うっすら思い出せる。そんな大きな虎がいるものなのか」

白翼仙《はくよくせん》にして知の聖者、裏雲《りうん》には俄《にわか》に信じられなかったようだ。だいたいにおいて裏雲は飛牙をあまり信じていない。

「どこかで暗魅が混じっているのかもな。踏まれただけで潰れる大きさだったよ。しかも家一軒ひとっ飛びするくらいの跳躍で——おい、信じろよ」

「殿下が南異境へ行った話などあまり聞きたくはない。死んだと思った私は怨嗟《えんさ》に縛られていたのだから」

それを言われると返す言葉もない。あの頃は飛牙もまた、裏雲は死んだものと思っていた。自分には体以外何もないと。

「六年もいたのだ。南異境はさぞ楽しかったのだろうな」

「裏雲は翼が白くなっても中身あんまり変わらないな」

しかも齢《よわい》三十に手が届こうとしているのに、だ。

「私とて充分変わった。迎玉《げいぎょく》を成し遂げたほどの王太子が、野卑な間男になって戻ってくるほどの変化には誰も勝てない」

裏雲は機嫌が悪かった。南異境でのあれこれを飛牙が思い出していたからだろう。ならばついてこなければいいようなものだが。

「……まあ庁舎に行こうや。話を聞かないとな」

南異境の風情がある徐《じょ》国櫂郡《かいぐん》最南端の街は少し蒸し暑かった。


話は数日前に遡る。

前徐王にして、王兄殿下の寿白《じゆはく》は弟のところに立ち寄った。

寿白ではなく飛牙として、やってきたつもりだった。

三百年続いた天下四国。その南の徐国に生まれた寿白王太子は愛情と希望に育まれた。良き王になるものと期待されながら、十一歳のときに徐は滅んだ。反乱軍に国を奪われ、追われ続けた寿白は南異境へと逃げ、名を飛牙に変えた。二十一歳にして帰ってくるや、怒濤《どとう》の英雄譚《たん》は幕を開ける。反乱軍が打ち立てた庚《こう》を滅ぼし、国を取り戻したのだ。

その後、燕《えん》国に渡り王女を妻とし、越《えつ》国に行っては民を守り、駕《が》国では国王夫妻を救った。英雄王寿白はすでに伝説とも言える存在となっている。

天下三百二十年、天下四国は安寧の時代を迎えていた。

どこかで飢饉《ききん》があれば助け合う。国は違えど互助が出来上がりつつある。越の王位は約束どおり余暉《よき》から里郎《りろう》に移り、幼王を支える臣下はかつての利害を乗り越えている。駕は国の半分を占めていた死の大地凍土を攻略しつつあった。燕は不遇の死を遂げた胤《たね》たちを弔い、州制度の立て直しを図り、砂漠化を食い止める手段を模索している。

そして徐は今まで公務をこなすことで精一杯だった若き王亘覧《こうけん》が、自らの政策を打ち出してきた。

(俺の弟にしては上出来だ)

たまには顔を見せ、誉《ほ》めてやらねばと飛牙は徐の王都泰灌《たいかん》へとやってきたのだ。英雄の〈お仕事〉ではない。兄弟としての義理と情である。

王宮に赴くと騒がないように兵士に伝え、飛牙は奥へと案内された。若き国王は公務を放り投げ、すぐさま兄の下へと駆けつけてきた。続いて丞相《じようしよう》の聞老師《ぶんろうし》もやってきた。

「兄上は南異境にいらしたのですよね」

十六歳になった亘覧は王としての風格も備え、ずいぶんと凜々《りり》しくなっていた。

「まあな。で、どうした」

丞相聞老師が一歩進み出る。こちらは丞相という役職がよほど向いていたのか、以前よりかくしゃくとしている。

「近年、南異境よりの亡命者が増えましてな。気にはなっておりましたが、なんと先月は一度に十三人も。その一行も過酷な山越えで半分以上に減ったうえでの人数です」

「商用じゃなくて亡命なのか」

「そう申しております。ただ言葉があまり通じませんので、詳しいことは把握できないのですよ。一応、向こうで通訳はつけましたから、政情が不安だというのは伝わりましたが」

南異境と隔てる南羽山脈、胡郡《こぐん》と耀郡はそこに接している。山越えに成功すればどちらかにたどり着く。

「それで兄上に南異境のことを伺ってみたいと思って」

飛牙は窓から庭を眺めながら頭を掻《か》いた。

自然を利用した素朴な庭は心地好かった。季節柄、紫陽花《あじさい》が美しい。涼やかな池では蛙《かえる》が鳴いていた。奥には背の高いタチアオイとスカシユリが鮮やかに咲いている。徐の宮廷の庭には庚だった頃の面影はない。かといって徐に戻ったわけでもなく、少しずつ亘筧の趣味が反映されていったらしい。亘筧はかつての徐国を知らないのだから それでいい。

「俺がいた頃は国境線以外は大きな戦がなく、あれでも比較的落ち着いていたんだろうな。まあ……戦死者は少なくなかったが。大山脈を越えたところには広大なマニ帝国がある。皇帝は確かムハンマ。今は知らない。いくつかの部族があって、ある程度の自治権があった。西にはバランヤって王国があって、小競り合いはしょっちゅう。バランヤは王族の中で強い者が王になるしきたりで、武闘派な国だ」

「そのあたりはこちらでもわかっています。亡命しているのはマニ帝国の者たちでしてな。大山脈が要塞になっているとはいえ、この世は進歩していくもの。山越えの技術もあがるでしょう。いつまでも異境からの侵略がないとは言い切れません。動静は常に把握しておきたい」

聞老師はずずとお茶を口にした。

「じゃ、俺に訊《き》いても仕方ないぜ。向こうにいたのは七年も前のことだ。国は同じところにはいない」

「そうですね。ただ六年も暮らして戻ってきた人はこの国でも珍しい。兄上の意見が聞いてみたかったんです。徐こそが兄上の国ではありませんか。燕国ではありません」

亘覧は唇をとがらせた。たまにみせる子供っぽさが我が弟ながら可愛《かわい》い。

「いや、ま、妻子がいるしな……そりゃ」

飛牙はすでに三人の子持ちだ。妻の甜湘《てんしょう》は去年即位している。

「英雄寿白が燕の女王の夫というのは公にしてません。する気がないなら、徐にもっといてくれても」

「俺のことはいいって。それよりそろそろ后《きさき》を迎えたらどうだ。老師に急《せ》かされているんじゃないか」

話を振られると亘覧は頬を染めた。

「早いですよ、そんな」

「王族男子の適齢期ってやつじゃないか。とくに徐には他に王族がいない」

「だから兄上を燕に取られたくないんです。私の気持ちだって――」

「ああ、うんうん。わかった、亡命してきた連中に俺が話を聞いてみる。南異境の言葉も忘れたくないしな」

徐のために動かないと亘覧が納得してくれそうにない。この歳《とし》で国を統治する亘覧が気負うのも無理はなかった。王母の彩鈴《さいりん》はなるべく口を出さないようにしていると聞く。

「殿下は人の心を開くのがお上手。きっと彼らも話してくれるでしょう。よかったですな、陛下。では後宮の整備の件ですが」

「老師、だからまだ早い」

王と丞相がそちらの話を始めて、飛牙はこっそり部屋を出た。清々《すがすが》しい初夏の花が咲く庭をそぞろ歩くと頭の上に青い蝶《ちょう》が留まる。

「よう、いたのか」

——私は徐国の守護天令《てんれい》だ。

いろいろあったが、そこはまだ変わっていなかった。天令の那命《なゆ》は蝶の姿で徐を見回ってくれている。

天令とは天と人を結ぶ存在。本来は人の世に口を出すことはないが、那命はずいぶん英雄寿白を助けてくれた。助けすぎて一度は堕天したほどだ。

「見守ってくれてありがとな」

——関わりはしないがな。

「いやいや、亘覧にべったりついてくれていいぞ」

——あの王はそなたに甘えたいのだ。だいたい、私はそんな気安い存在ではない。

「人の頭の上には乗るくせに」

——乗ってやっているのだ。光栄に思え。で、南の山麓に行くのか。

「そりゃ気になるしな」

——私は大山脈を越えることはできない。そなたのほうが世界を知っているのかと思うと腹立たしい。

「俺はあそこに逃げていっただけだよ」

三百年続いた徐国の王太子だった。最後は即位することになったのだから、寿白が国を滅ぼしたことになる。たった一人、堕《お》ちるところまで堕ちて逃げていった。見るものすべてが新鮮で、言葉も常識も通じない。どれほどあの地とそこに生きる者たちに救われたことだろう。

人目につかないところまで歩くと、蝶は少年の姿になった。銀色の髪の少年は天と地上をつなぐ奇跡。蝶と少年の姿のまま、この世の終わりまで存在し続けるのかもしれない。

「異境にも私のような存在がいるのかは知らないが、見知らぬ土地を生き抜いたのだから、なんらかの加護はあったのかもしれないな」

何か思うところがあるのか、那俞はしみじみと言った。

「加護か。確かに神様の多いところだったな。あやかって名付けるから、神様の名前の奴《やつ》が多かった。あそこの連中に言わせればきっと天令も神なんだろうよ。あいつら細かいこと気にしないから」

「ここは閉ざされている。この地は太古の記憶を残しているのだ。いつか我らが消えるとすれば、それは異境の信仰に呑《の》まれたときかもしれない」

こういう話を那俞から聞いたのは初めてだった。

「いいのか、そんな天の秘密みたいなこと話して」

「天に秘密はない。人が知ろうとしなかった」

「そういう理屈か」

「どこに行っても無事に帰れ。そなたがいる安心感こそが、この地の安寧に繋《つな》がっている」

「王都より少し南に行くだけだ。天令様が心配するほどじゃない」

那兪はちらりとこちらを見上げた。

「一度堕ちた天令は勘がよくなるらしい。ほら、早く行け。人の時は短い、一瞬の遅れが命取りになる」

「そうする。じゃあな」

蝶が飛び立ったのを見送り、飛牙は櫂郡へと向かうことにした。

こういうのは慣れているので甜湘も気にはしないだろう。退位した母親に祭事は任せ、甜湘は統治という責務に向き合っている。何歳だろうと頭が働かなくなるまでは王でいると決めていた。

さて、もう一人……

翼の生えた友人には伝える必要もないだろう。お互いいい歳の大人だ。央湖《おうこ》のほとりに居を構え、特別な猫と一緒に暮らしている。

飛牙は従者もつけず、ただ一人南へと向かった。

こうして一人で来たはずが、何故《なぜ》か隣には羽付き男がいる。

術で常にこちらの動向をさぐっているのではないかと思えることが何度もあった。

「まさか、英雄寿白様と賢者裏雲様がそろっていらっしゃるとは」

「さすが国王陛下、派遣していただける方々の格が違う」

「それ、失礼のないように」

そんな声が聞こえてきて、飛牙はいささか居心地の悪い思いをしていた。

寿白ではなく、陛下が送り込んだ通訳兼役人のような位置で庁舎を訪ねたはずだったのだが、こちらの役人に待たされて裏雲が切れた。

『あなたがたは寿白様をお待たせする気か』

あとはもう蜂の巣をつついたような大騒ぎだ。

「だから大事《おおごと》にするなって言ったろ」

「無礼を許していては物事が進まない」

ひそひそと話しながら、貴賓室で櫂郡の太府《たいふ》を待つことになった。結局、待たされるには変わりない。向こうは今頃大慌てでこの部屋に向かっているだろう。

ここは七年前飛牙が虎に喰《く》われそうになった街だ。

太府の妻に手を出しかけて捕まり、残酷な処刑寸前にまで追い詰められた。帰ってきた王様の始まりの街と言える。

今の太府は勤勉で公正な男だと聞いている。虎に喰われかけた男の姿を見た者がいたとしても、寿白とはいっさい結びつかないだろう。

「お待たせいたしました。申し訳ございません」

飛び込んできた太府はひれ伏さんばかりだった。

「いや、そういうのはいいから」

「まさか、寿白様が――裏雲様まで。ああ、それがし太府の阿暁明《あぎようめい》と申します」

丸い腹を弾ませ、太府は椅子に腰をおろした。

「やはり陛下もそれだけ亡命者の急増を案じておられるのですね」

「そういうことだ。いくら大山脈を挟んでいても隣国には変わりない。異境なんて大雑把な言葉で済ませていたら後々面倒なことになる。国外のことに関して天下四国は団結してあたる必要があるのではないか」

偉そうに裏雲や聞老師の受け売りを語っておく。

「さすが、慧眼《けいがん》でいらっしゃる。陛下にご連絡差し上げた甲斐《かい》がございました」

地方の問題と捉えず、報告したのはいい判断だ。

「マニ帝国からきた者たちと話せるのか」

「はい、通訳を用意いたしましょう」

「たぶん、大丈夫だろう。なんとか話せると思う」

「南異境の言葉までご存じとは。寿白様の教養には感服いたしまする。戦えばいかずちのごとく、話せば川のごとく、まさしく天の申し子」

こういう過剰な持ち上げが面倒だから名乗りたくなかった。裏雲は知らぬふりをしている。

「じゃ、ま、連れていってくれるか」

「それでは昨日麓で保護された子供のところはいかがでしょう。まだ衰弱していることもあってほとんど話が聞けておりません」

子供と聞いて飛牙は興味を示した。

「へえ。よく子供があの山を越えてきたもんだな」

「連れはいたらしいのですが、大山脈の暗魅に殺されたようです。子供一人、なんとかたどり着いたのでしょう。弱っているうえ、肋《あばら》も折れています。何か訴えたいことはあるようなのですが。名前はラーなんとかと言ってますが、うまく聞き取れていません」

とにかく会ってみようと思った。

「殿下、参りましょう」

自分も行くと裏雲は立ち上がった。単独行動を許す気はないらしい。近頃はここまで干渉してこなかったはずだが、ここに来てからやけに離れたがらない。

　案内されたところは庁舎近くの診療所のようだった。七年前はこんなものはなかった。亘覧と太府たちの善政の賜《たまもの》だと思いたい。

　先に医者と会い、眠っていないことと話せることを確認すると、飛牙と裏雲は病室に入った。

　そこには濃い肌の色をした少年が横たわっていた。髪は黒くて緩く波を描く。こちらを黒い目で見つめてきた。懐かしい南異境の顔立ち。十二、三歳ほどだろうか。

　まずは挨拶。飛牙はマニ帝国の言葉で話しかけた。

「体の具合はどうだ」

「ヒガ……？」

　少年の目が見開かれた。体を起こそうとして、痛みが走ったのだろう、胸を手で押さえる。

「起き上がるな、俺が行く」

　飛牙は少年の手を取った。この子は今、確かに〈ヒガ〉と言った。

「もしかして俺を知っているのか」

　向こうの言葉で尋ねる。こくりと肯《うなず》く少年の顔をまじまじと見つめた。七年以上前に会っているとしたら、この子が幼児の頃だろうか。

面影はあるのか、なんとか思い出す。

「……ラーヒズヤ？」

その名を呼ばれると少年はわっと泣き出した。飛牙にすがりつき、泣《な》き濡《ぬ》れた顔で見上げてくる。

「お父さんっ」

確かに少年はそう叫んだ。

二

「お父さんとはな」

これ以上ないくらい冷ややかな声で裏雲が呟《つぶや》いた。

責められているのはわかるが、飛牙は飛牙で混乱している真っ最中で考え込んでいた。

ラーヒズヤは助けてと叫んだ。みんなやダーシャが殺されてしまう、助けてお父さん、そう言ったのだ。

興奮しすぎて胸が苦しくなり、英雄と知の聖者は医者によって病室から追い出された。話の続きはまた明日ということになった。

「あんな大きな子がいたとは恐れ入った」

「白翼仙は向こうの言葉がわかるのか」

ラーヒズヤは天下四国の言葉で話したわけではない。裏雲は南異境に行ったことなどないはずだ。

「簡単な言葉ならな。私には師匠の知識がある」

複雑な経緯から白翼仙になった裏雲はある意味最強であったかもしれない。

「そうか。じゃ、あの子が俺に助けを求めているのもわかっただろう」

「ダーシャというのは？」

「ラーヒズヤの従姉《いとこ》だ。姉のようなものだな」

「みんなとは？」

「たぶん、クワール族のことだろう」

マニ帝国には辺境民族の部族がいくつかある。その一つ南羽山脈の向こう側の麓にあるのがクワール族の村だった。もっとも、マニ帝国では南羽山脈を〈北の長尾根〉と呼ぶ。方角が変わるので当然のことだ。

「山麓の部族か。なるほど、国から逃げた王太子はなんとか山脈を越えると、そこで世話になったというわけか。ついでに村娘と良い《い》仲になって」

だいたい合っている。

「今日は疲れたな。明日、考えよう」

「私はもう少し聞きたいがな。殿下の南異境武勇伝とやらが」

「絡むなよ、俺は寝る」

飛牙にもあまり話したくないことがあった。ラーヒズヤが命がけで〈お父さん〉に助けを求めるためここまで来たというなら、尚《なお》のこと今は話せない。

太府の屋敷《やしき》に厄介になった二人はそれぞれ別の部屋に入った。


十一歳で国を失った。

そのあとは逃げて、自分を守る兵たちが死んでいくのを目の当たりにした。逃亡中の寿白が立ち寄ったというだけで焼かれた村もあった。

生きていてはいけない。災いになるだけ。

寿白は十五で南羽山脈を越えた。

熟練の案内人を用意して隊列を組み、万全の備えで挑んでも半分は死ぬと言われる山。一人で越えることは不可能な魔境。

寿白は死んでもよかった。だから大山脈に登った。術と玉、それが飛牙を生きながらえさせた。

たどり着いた先の、あの村……。言葉も通じない異境の少年を助けてくれた。今日のラーヒズヤのように満身創痍《そうい》だった。暗い目をして怯《おび》えていた子供は手当てされ、温かい料理に癒やされていった。

「……俺は報いてねえ」

寝台の上で横になり、目を閉じる。

動けるようになってすぐにクワール族の村を出た。再び戻ったのはそれから六年近くもたってからだ。山界に戻る前に挨拶だけした。そのときラーヒズヤが五歳ほどで、ダーシャは九つだったか。族長オルシュとその娘クシイが死んだことを知った。

彼らがいなければ飛牙は生きてはいない。徐国は遠い亡国に成り果てただろう。天下に胡散臭《うさんくさ》い英雄が現れることもなかった。彼らは天下四国の恩人でもある。裏雲を抱きしめることもできず、那兪にも甜湘にも子供たちにも巡り会えなかった。

ラーヒズヤに何があったのか、ダーシャや村の者たちはどうしているのか。おそらく亡命者が増えたことと関連があるのだ。

どこにだって争いはあった。

マニ帝国でも皇帝がすんなり即位することは稀だという。隣国バランヤとの戦は途切れることもなく、海洋の覇権を巡り群島との小競り合いも絶えない。そして国内には皇帝に忠誠を誓う気のないいくつもの部族。

天下四国のようにほぼ単一民族というほうが世界からみれば稀だ。

ラーヒズヤはよく眠れているだろうか。

あれほど泣いて、どれほどの想いに耐えてきたのか。

裏雲の不機嫌の理由もわからないことはない。南異境と関わることに嫌な予感がするのだろう。裏雲にはあれほど苦労をかけ、罪を背負わせた。それでも放っておけることではない。

閉じた目蓋の裏に南天の星が広がる。

よく荒野で大の字になって夜空を眺めていた。かっぱらいに詐欺、傭兵《ようへい》をしたこともあったか。ろくでもないことをしていたのだから大変なことも多かったが、それでも背負うもののない身軽さはなんと心地好かったことか。

だが、裏雲にはそんな歳月はなかった。怨嗟の魔物にしてしまった。ようやく罪を贖《あがな》い、白翼仙として生き直している裏雲でも過去を忘れることができないのは当然だろう。

結局飛牙だって負い目を引きずっている。これが風のように生きている英雄の正体だ。

溢《あふ》れる感情に蓋をして、静かに眠りについた。

「逃げろって言われて……お父さんに助けてほしくてここまできました」

落ち着きを取り戻したラーヒズヤは横になったまま、語りはじめた。

裏雲にも医者にも外してもらって、二人だけになっていた。このくらいの歳の頃、飛牙も苦難に喘《あえ》いでいたものだ。憔悴《しょうすい》した少年の姿が痛ましい。

「俺は少し言葉を忘れている。ゆっくりと、何があったか順番に話してくれ」

一概に南異境といっても広く、その中でもまた言語が違う。飛牙に一番馴染《なじ》みがあるのはラーヒズヤたちが話すマニ帝国の公用語だった。

「お父さんは長尾根を越えてクワール族の山麓の集落に来たんですよね」

「ああ……十五のときだった。ずいぶん世話になったよ」

「お母さんと仲良くなったでしょう」

その〈仲良く〉の中身をラーヒズヤがどう思っているのかは、ややこしくなるのでこの際聞かないでおく。

「クシイのことは残念だった」

ラーヒズヤの母クシイは三つになる息子を残して流行病《はやりやまい》に倒れたと聞いた。まだ若かったのに無念だっただろう。その直前にはクシイの父親である族長オルシュも亡くなっているという。感染力の高い病が猛威を振るったのだ。

「僕はお母さんのことは覚えていません。ずっと伯父のところで育ったから。でもきっと綺麗《きれい》だったんですよね？」

「綺麗な人だったよ。おまえさんに似ていた」

ラーヒズヤは嬉《うれ》しそうに微笑《ほほえ》んだ。飛牙より二つほど年上で、親切で物静かな娘だった。

「それで六年、放浪して山界に戻る前に寄った。僕、そのとき会ったんでしょう」

「俺の顔までよく覚えていたな」

「可愛がってくれた。一人で長尾根を往復する人なんていないから、すごいって思いました」

実際、ラーヒズヤもダーシャも可愛らしい子供だった。

「で、今心配なのはまずダーシャなんだろ」

オルシュに代わり族長となったニームの娘だ。従姉弟《いとこ》にあたるが、二人は姉弟のように育っていた。

「去年、ダーシャがアヤン皇子に嫁ぎました。正妻としてです」

飛牙は、ほうと目を丸くした。アヤン皇子は確か皇帝の一人息子だったはず。辺境部族から妻を娶《めと》るというのはおそらく異例だ。

「三人目の妻です。前の妃殿下たちは亡くなって、なんというか……土侯の方々も皇子に自分の娘を嫁がせたくなかったんです。それでダーシャに縁組みが持ち込まれました。クワール族には拒む力がなかった」

「前の妻二人の死に方に不穏なものがあるってことだな」

「はい。事故と言っていますが、そうではないようです。僕らのような部族には詳しい話が聞こえてこなくて。村の人の中には未来の皇后が一族から出れば安泰だと喜ぶ人もいました」

ラーヒズヤは十二歳とは思えないほどしっかりと話をしていた。

「安泰ではなかったってことだな」

「ある日、村に兵が来て族長夫婦を捕らえました。村は監視下におかれて……僕も族長一家ということで捕まるだろうから逃げろと言われたんです。僕は北の長尾根に入って隠れていました。村の人の話ではダーシャが皇子を殺そうとしたって疑いをかけられたんだそうです」

これはまた大変な話だ。

「ダーシャには皇子を殺す理由はないんだな」

「断れず覚悟を決めて嫁ぎました。でも、あるわけない」

確かに輿入れ《こしい》れとは人質の意味合いもある。ダーシャは一族に累が及ぶようなことをする子ではないだろう。

「どうやって殺そうとしたっていうんだ？」

「毒です。アヤン皇子は生死を彷徨《さまよ》っていると。あれからどうなったかはわかりませんが」

「となれば皇子が死ぬか回復するかまでは、処刑されることはないかもしれないな」

強大な帝国だ。それなりに秩序も裁きという場もあった。

「妻であるダーシャにはその機会があったと思われているんでしょう。僕は一度宮殿で暮らすダーシャに会ったことがあります。ダーシャは外に出られませんが、家族が宮殿に行けば会わせてもらえましたから。皇子とはほとんど話したことがないと言っていました。自分は嫌われているのかもしれないと気にしていて」

飛牙がいた頃は皇子はまだ初婚だったのではないか。もちろん会ったこともないが、同じくらいの歳だと聞いたことがある。つまりこの七年の間にさらに二人の妃《きさき》を迎えたということだ。

「すぐに妻が疑われるってのはおかしな話だ。皇子ともなれば他に狙ってくる奴もいるんじゃないか」

ラーヒズヤはこくんと肯く。

「そのときの状況がわからなくて……、皇位の継承権を持つ人たちはいます。そして、皇帝は体調が思わしくないと言われています。ダーシャが次の皇帝である夫を殺すなんてありえない」

夫が死ねば帰ることができると思って、殺意を抱いたとも考えられないことはない。ただ、飛牙の知る小さなダーシャは充分聡明《そうめい》だった。行動の結果がどうなるかわからないとは思えない。

クワール族は女も戦士になる。逞《たくま》しい女たちがそろっていた。華奢《きゃしゃ》に見えるダーシャにも心には強いものがあった。

「皇帝一族のお家騒動か」

どこの国でもある。遡れば徐国でもあった。

「村には戻れないから、僕は山界へ行ってお父さんを探そうと思いました。そしたら村の人、二人がついてきてくれました。でも……魔物にやられて。山界側のほうまで行くと獣でもない恐ろしいものが増えてきたから」

思い出したのかラーヒズヤは涙ぐんだ。犠牲になった者たち、安否すらわからない家族。小さな胸には収めきれない懊悩《おうのう》だろう。

「……僕のせいです」

同じ大山脈でも四国側と異境側では出るものも多少違ってくる。おそらく暗魅や魄《はく》奇《き》は四国特有の魔物なのだろう。あちらにもその類いはいたが、こちらで見るようなものとは少し違う。南異境では魔物も神のうち。下手に手を出さず、逃げるが勝ちだ。

「ラーヒズヤ、まず体を治せ」

下手な慰めはせずに飛牙は病室を出た。

そのまま廊下を進み、突き当たりの広い露台《テラス》に出た。そこからは南羽山脈がよく見える。

柵に肘をつき、どうしたものかと考えていた。

あれは大変な山だ。獰猛《どうもう》な肉食の獣に、縄張り意識の強い人外。少しばかり道ができたところで夏には樹木に覆われ、冬には雪で掻《か》き消《き》える。気候は気まぐれで予測ができない。熟練の案内人と腕の立つ護衛、充分な食料と水。そして運。それらが用意できて尚、山を越えられる可能性は五分。

だが、今なら……

「山越えにはいい季節だ」

背後から裏雲の声がした。

「ああ、今すぐ発《た》つのが一番いい」

飛牙は振り返らず応えた。

「四日待て。宇春《うしゅん》にしばらく戻らないことを伝えておく。ついでに奥方への手紙を書くなら届けてやる」

南異境への旅に同行するというのはすでに決定事項らしい。

「ついてくるのか。翼は山越えには使えないぞ。たぶん、向こうでも飛べない」

翼は天の賜。天の下にあってこその翼だ。翼仙《よくせん》だけではなく、天令たる那俞が山を越えられないのもそのため。

「構わない、私には脚もある」

「そうか、ありがとうな……甜湘《しら》に手紙を書く」

帰ってこられる保証はない。報せておくべきだろう。

「殿下を子供扱いしているわけではない。異境は四国とは違う。今の殿下には玉がない。座して不安に駆られるよりついていきたいだけだ」

「わかってるよ。来てくれるなら心強い」

感傷的だった時期は過ぎ、お互い自分の領域ができている。裏雲ももはや過干渉ではない。だが、異境となれば別。そう言いたいらしい。

ただときどき思うことがある。

常人の倍の寿命を持つ白翼仙の裏雲とはいずれずれが出てくる。那俞もそうだ。ただ、那俞に関してはもう互いにそこはわかりきっている。

英雄など所詮虚像、こちらは常人だ。徐々に適切な距離をとる必要性を感じないわけではない。

(ま……山越えの準備をするか)

先のことを考えるのはどうも苦手だ。ならば、今ダーシャたちを助けるだけだ。

裏雲を待つ間、飛牙はラーヒズヤについていた。

我が子かどうかはさておいても、自分を頼ってきたのだから情も湧く。

少し歩けるようになったラーヒズヤは南西に張り出した露台に立って山並みを眺めていた。この季節、高く鋭利な頂も少し表情を和らげる。

夕日が西側の山に落ちていく。隙間なく山に囲まれている四国では日とは山から昇り、山に沈むもの。

頭頂部は雪をかぶりいつもは冷たい岩肌を見せているが、夏期は山の下側に密林の緑が茂る。よそ者に厳しい天下もここを越えてくる者には敬意を払う。もちろんめったにいないからこその余裕でもある。大勢やってくればそれはそれで大きな問題になるだろう。

だからこそ、亡命という形で異例の数がやってきたことは徐国としても見逃せなかった。

「これが山界から見る長尾根なんだ」

「雰囲気が違うだろ」

南異境からは裾野が広がり、もう少し登りやすい山と錯覚させてくる。神の山は最初は優しく受け入れ、それ以上侵入してくる者に容赦はしない。神々の頂には死しかない。そう恐れられていた。

「あんなところを越えてきたなんて信じられない。そのうえこんなに早くお父さんに会えるなんて」

この会話が四国の言語でないからいいようなものの、英雄寿白としていささか問題になりかねない。

「お父さんと呼ぶのはちょっと控えておいてくれるか」

「はい。お立場があるんですよね。偉い人みたいなのにごめんなさい」

殿下と呼ばれていることを知れば驚くのだろう。

「偉くはないが……ややこしいことになる。それに父親は育ててくれた族長のニームだろ」

ラーヒズヤはこくんと肯いた。

「どうすればみんなを助けられるかな」

今はまだ生きていると仮定するしかない。

「仮にダーシャと族長夫婦を獄から救い出したとしたらどうなる」

「クワールの民は奴隷に落とされるかも」

「そういうことだ。逃がせばいいってわけじゃない」

徐国を逃げ回っていた間、どれだけ多くの者をまき添えにしたか、飛牙の痛みは生涯消えない。

「……僕だけが逃げてしまった」

「助けを呼びにきたんだろ。悪くない判断だ」

「え……？」

「軍隊出すなんてことはできないが、俺と裏雲が行く。やれるだけやってみるさ」

ラーヒズヤが飛牙の袖を摑《つか》んだ。うつむいた顔から涙が床に落ちる。震える子供の背中を撫《な》でてやった。

「ごめんなさい、こんなことお願いして」

「おまえさんの国は俺を生かしてくれた。借りは返す」

もちろん、借りだけのことではない。

飛牙は南異境にもう一度行けることに昂揚《こうよう》していた。

四国とは概念が違う土地。多神教で異形の神も少なくない。

死体が流される淀《よど》んだ大河は命もつないでいた。濃い顔立ちの神々が踊る荒々しい大地。さらに進めば目映《まばゆ》い大海。

歌声や楽器が奏でる旋律は胸に染みて心を癒やし、街の喧噪《けんそう》と混じり合い、最上の音楽となる。

情熱的な瞳の女たち、鮮やかな衣をまとった僧侶。半裸で駆け回る子供。人々は働き、歌い、瞑想《めいそう》する。信仰や民族の違いすら超えて。

生と死、神と人が混在する世界。

南にいては四国を想い、四国にいては南の地を想う。飛牙はあの地の熱量に救われた。善人も悪人もなにもかもが熱かった。

何者でもない日々を俺にくれた。

恩を返せるというなら、押しかけてでも百倍にして返したい。

「ほら、相棒が帰ってきた」

日が沈んでいた。朱色の西の空に翼の人影が見えた。長旅の前に諸々《もろもろ》連絡を終え、裏雲が戻ってきたのだ。

「あれは……神様?」

ラーヒズヤは息を呑み、その場に跪《ひざまず》いた。

複数の翼仙がいる四国ではたまに見られる光景だが、異境から来た者は畏怖と感動に打ち震える。

「俺にだけ世話焼きな神かもな」

飛牙は両手を振って、白翼仙の降臨を歓迎した。

第二章

一

塔の小窓から蝶《ちょう》が見えた。

黒光りするような紫の羽は不吉だと思う人もいるかもしれない。けれど、その自由な姿はなんと尊いのか。まるで意思を持っているかのように舞っている。

届かないけれども、ダーシャは手を伸ばしてみた。

「……帰りたい」

あの山麓の村に。

都のような華やかさなどないけれど、あそこが好きだった。

山の神シャリオトを崇《あが》め、その幸をいただく。男も女も戦士になり、男も女も子を育てる。

豊かではなくとも村で死にたかった。

塔の上の小さな部屋に閉じ込められて二月以上が過ぎた。いつ死の使いがやってくるのかわからない。今日か、明日か、一年後か。

鮮やかな一枚の布を巻いた体はまだ少女の姿だった。この衣装が似合うようになるにはまだ何年かかかるだろう。

十六のダーシャにはなにもかもが現実とは思えなかった。

半年ほど前、ダーシャは皇子アヤンの正妃として嫁いできた。将来は皇后となるはずだった。

それがどうだろう、今こうして大罪人として獄にいる。両親までが捕まったと聞いている。

アヤン皇子が突然倒れ、生死を彷徨《さまよ》った。それが毒によるものだとわかり、そしてその毒がダーシャの部屋から見つかった。

『私はアヤン様を殺そうなどと考えたこともありません』

いくら叫んでも聞き入れてはもらえなかった。

皇子とはろくに話したこともなかった。本当はまだ床を一つにしたこともない。だから、皇子に対しては戸惑いしかなかった。

好きも嫌いもない。ただ私はそこまで嫌われているのだろうかと思い悩むしかできずにいた。

一命を取り留めたというが、もちろんアヤン皇子には会わせてもらえない。意識は未《いま》だ朦朧《もうろう》としていて話すこともできないと聞いている。

蝶も見えなくなり、ダーシャは椅子に戻った。

「ダーシャ様、きっと希望はございます」

侍女のヴァニが慰めを口にする。

「いいのよ、もう。ただ私のために族長と母様が……」

「アヤン様が話せるようになればきっと疑いは晴れます」

そうだろうか。毒を盛られた皇子にそれが何者の仕業かなどわかっているのだろうか。そこに望みがあるとは思えない。

「ラーヒズヤの行方は？」

「捕まってはいません。まだ逃げているのでしょう」

たった十二の子供がどんな辛《つら》い想《おも》いをしているのだろうか。無事に異国にでも逃げおおせてくれていればいいのだけど。

「無事を祈るしかないのね」

もし、北の長尾根へ逃げているのならそれはそれでどれほど危険なことか。クワール族は長尾根の案内人を務めるほど慣れてはいるが、命がけの仕事であることには変わりない。ましてラーヒズヤは子供。

「そう簡単に結論など出しません。それはもう絶対。賭けたっていいですから」

同い年のヴァニはこちらが暗くならないよう元気よく言ってくれる。

「私、マニ中の神に祈ってますからね。正義が行われることを」

「ありがとう……でも、ヴァニはそろそろ戻って。あなたはここの囚人じゃない。湯浴みを手伝ってくれただけでしょう。長くいれば変な疑いを持たれてしまう」

今はまだ監視の兵が同情的だから大目にみてもらっている。けれども彼らは処刑が決まればこの身を拘束して連れていく。

「私、調べてみます。何者かがアヤン様に毒を盛ったのですから」

「待って、それはやめて——ヴァニ」

止めるより早くヴァニは部屋を出ていった。

迂闊《うかつ》に動き回れば危険なことになりかねない。これ以上周りを巻き込みたくなかった。

私に何の罪もないと言えるだろうか。死ぬのが私だけなら、もう仕方がない。でも、ことはそれだけで済まない。クワール族の存亡までかかっている。

「私にできることはなに？」

結局、潔白を証明するしかない。

ヴァニのように動き回ることができないなら、考えるだけ。この宮殿には私が嫁ぐ前から怨嗟《えんさ》と陰謀が渦巻いていたのだから。

ダーシャはその様子をこの半年みてきた。

嘆いてばかりいないで、考えなくては。私はアヤン様を殺そうとなんかしていない。だとすれば他の人がやったこと。

(どこから思い出せばいいかしら)

すべてはあの日、始まった。

※

「都から大僧長の特使が来たって?」

僧は星の数ほどいるが、その役職につく者はただ一人。帝国の都にある荘厳な白い寺院には神々の彫刻が並び、この世の楽園を思わせる。そこで神事を司《つかさど》る大僧長は皇帝にも劣らぬ崇拝を集めている。

ラバル大僧長の補佐官ハサーヴが数人の役人を従え、秘密裏にクワール族の本村にやってきた。族長と話し合うことがあるのだという。

「ねえ、ほんとかい、ダーシャ」

駆け込んできた少年は興奮していた。機《はた》を織る手を止め、ダーシャは可愛《かわい》らしい従弟《いとこ》に目をやった。

「大きな声を出さないで、お忍びでいらしたんだから」

「だって、みんなもざわざわしてる。何か厄介ごとじゃないかって」

確かにその心配はある。兵を出すよう命令があったときも急な税の取り立ても、彼らは特使を派遣する。でも、偉い僧が来ることはなかった。

「都の大寺院の方でしょう。それはないと思うけど。ああいう方がいらっしゃるとしたらおめでたいことじゃないかしら」

「なにそれ？」

「私にもわからないけれど」

この広い国にはいくつもの部族がある。彼らはかつて力で帝国に取り込まれたのであって、なにも忠誠心があるわけではない。土侯たちに比べれば扱いは軽く、いいように使われている。

辛《かろ》うじて何かつなぐものがあるというなら、それはこの地の神々への信仰だろう。だからこそ誰もが大僧長には一目も二目もおく。たとえそれが皇帝の傀儡《かいらい》に近いとしても。

「ダーシャ、族長がお呼びだ」

村の顔役が機織り小屋に入ってきた。

「私ですか」

未来の族長として特使に紹介するというなら、ラーヒズヤを呼ぶだろう。まだ子供だが、族長にとって我が子同然で武術にも秀でている。

「来てくれ。ハサーヴ様がお会いになりたいとおっしゃっている」

顔役は少し顔がほころんでいた。やはり何かめでたいことなのだろうか。

「着替えなくていいのかしら」

動きやすいようクワール族の女は下にドーティをはく。都ほどきらびやかなものを身につけることはない。

「ダーシャなら装う必要はない。充分だ。さあ、来てくれ」

急《せ》かされてダーシャは村の集会場に向かった。客人が来たときはたいていそこを使う。

中に入ると、特使たちは舐《な》めるようにダーシャを見る。値踏みされているような気持ち悪さを感じた。

「なるほど、噂《うわさ》になるのもわかりますな」

「よろしいのではありませんか、ハサーヴ様」

特使たちの笑顔とは対照的に族長のニームは眉をひそめていた。

「ダーシャには私から話します。すぐに返事ができることではありませんので」

ニームの表情は硬い。特使たちが良《い》い話を運んできたとはとても思えなかった。けれども、ダーシャを呼びにきた顔役は喜びを隠せないように見えた。

ハサーヴら特使が村を出ると、ニームは娘に伝えるべく、他の者を追いだした。

「あの者たちはおまえに縁談を持ってきたのだ」

ダーシャもうすうすそんなことかと思っていたので、特段驚きはしなかった。十五の娘ならそういう話も出てくる。けれども、それにしては大物の使いがきたものだ。

「偉い方がお相手なのでしょうか」

そうでもなければ考えられない。

「うむ……アヤン皇子だ」

さすがにその名には息を吞《の》んだ。ムハンマ皇帝の嫡男で、皇位継承権第一位の皇子である。

「あの……アヤン様には奥方様がいらっしゃるのでは」

最初の妻を亡くし、再婚したという話を聞いたことがある。つまりは公妾《こうしょう》ということだろうか。

「アヤン様は三月ほど前に二人目の奥方も亡くしている。だから、妾《めかけ》ではない。正妃で迎えたいということだ」

三ヵ月前に二人目の妻を亡くして、もう三人目を娶《めと》ろうというのはどういうことだろう。皇子は喪に服す気もないのだろうか。

「早すぎませんか」

「まだ子がいないからな。皇子も三十近い、急いでいるのだろうが」

「私たちのような辺境の部族から皇后が出たことはありません。どうして……」

ニームは気を静めようと煙管《きせる》に火をつけた。

「有力な土侯たちから断られたのだろうよ。うちの娘は今病気だとでも言っておけば済む」

「自分の娘が皇子の妻になるのをそこまでして断るのですか。光栄で、喜ばしいことなのでは」

未来の皇帝の祖父という地位につくのだから。

「本来はそのとおりだ。盛んに娘を売り込む。しかし、皇子の妻が相次いできな臭い死に方をしてしまった。一人目の妻は宰相の娘だったが、それが突然死んだかと思ったら宰相一家までが粛清されてしまった。表向きは謀反の疑いということだが、前宰相ガンディ様に限ってそのような……。二人目の妻は宮殿から逃げて殺されたという噂だ。これもまた一族に累が及んでいるという。海の向こうや山界《さんかい》まで逃げているというのだ。どれほど野心があろうと娘を差し出そうなどと思わない」

これでは皇子と結婚するということは棺桶《かんおけ》に入るに等しい。

「それで私にそんな話がきたのですか」

できることならこの村に生涯いたいと思っていた。愛着と同時に、新しい場所への恐れがあった。

「そういうことだ」

「私……嫌です」

「だろうな。おまえは慎重というか、臆病なところがある子だ」

「断っていただけませんか」

こんなにきっぱりと自己主張したのは初めてかもしれない。皇子の三人目の妻など、恐怖でしかなかった。

「向こうはおまえに決まった許嫁《いいなずけ》などおらず、健康にも問題がないことを調べてから来た。これは断るのが難しい」

ニームは煙とともに長く息を吐いた。

「いずれおまえの望む相手が現れると思って許嫁など決めなかったが……決めておくべきだった。少しでも言い訳になっただろう」

「いずれ皇后になるのならもっとふさわしいお方が」

都の者たちは辺境の部族と軽んじている。こんなときだけ押しつけられるというのはどこまでも馬鹿にした話だ。ダーシャは怒りすら感じていた。父が思うほど大人しい娘ではない。

「何度もそう言ったのだが。困ったことに喜んでいる村の者もいるのだ。皇后を出せばクワール族の地位が上がると言ってな」

「二人の妃殿下が不審な死に方をしているのに？」

「偶然だと言っている。何度もそんなことがあるわけがないと」

ダーシャは追い詰められていることに気づいた。拒めば父が責められるのだ。一つの部族といっても考え方まで同じわけではない。

「それにな、断れば不利益なことになりかねない。徴兵を拒み、消えた村の話は聞いたことがあるだろう」

どこの部族も大国の争いに巻き込まれ続けてきた。それでいて部族間の争いも昔からある。だが、いずれ皇帝の親族になるとなれば、土侯という扱いになる。

「まずは部族の顔役で話し合わなければならない。無論、おまえの気持ちは伝えておくが、覚悟してもらわなければならぬかもしれない」

母が後ろで泣いていた。それくらい逃げられない状況なのだと察した。

アヤン皇子……自分の妻を喰《く》らう恐ろしい男。ダーシャにはもうそんなふうにしか思えなかった。怖くて怖くてならなかった。大蛇に生《い》け贄《にえ》として捧《ささ》げられたようなもの。

（きっと無残な死が待っている）

そこまで覚悟した。

この三月後にはダーシャは都へと上った。妃殿下となるために。

皇子の結婚式としてはずいぶん慎《つつ》ましかったのだろう。なにしろ皇子はこの年、二度目の婚礼だった。

若い妻には見向きもせず、寝所まで来たのは一度だけ。婚礼の夜だけだった。それも指一本触れることなく、彼は椅子に腰掛け朝を待っていた。

疲れでいつしか眠ってしまったダーシャが目覚めると、もうアヤン皇子はいなくなっていた。

「あなたはここで静かに暮らせばいい」

当初皇子が妻に言ったことはそれくらいだった。怖い人だと思っていたけれど、アヤン皇子は表情のない男だった。灰色の髪をして、いつも難しい本を読んでばかりいた。

覚悟を決めて嫁いだダーシャだったが、拍子抜けもいいところ。なんの関心も持たれていない。

仕方なくダーシャは妃殿下としての作法や教養を身につけることに力を注いだ。おかげで蛮族の娘と陰口を叩《たた》かれた妃殿下も少しずつ洗練されてきた。きらびやかな衣装を身につけ、ダーシャは帝国のことを学んでいった。侍女のヴァニが教えてくれた。

「向こうには近衛《このえ》兵《へい》の兵舎があります。精鋭ということになっていますけど、あまりやることがないので鍛錬ばかり」

ヴァニは建て前を言わない娘だった。地方の貧乏士侯の娘で行儀見習いという形で宮殿に働きに来ているのだという。

「見事な建物ばかり。どうすれば屋根をあんなに綺麗《きれい》な球体にできるのかしら」

「本当ですね。この国には素晴らしい職人がいるんだと思います」

決して居心地がいいとは言えない状況でヴァニの存在は慰めだった。

「ヴァニは家に帰りたいと思ったことはない？」

「いいえ、私はこの都が好きです。賑《にぎ》やかなほうが性に合います。ダーシャ様は帰りたいのですか」

「ええ……」

こんなことは他の者には言えない。広々とした緑の庭を歩きながらも、ダーシャの心は晴れなかった。

「アヤン様のことですか」

「怖い方かと思っていたけれど、それどころかアヤン様にとって私はまるで空気みたい。気に入っていただけなかったのでしょうね」

「アヤン様からすれば歳《とし》が離れているから、ダーシャ様の成長を待っていらっしゃるのかもしれませんよ」

そうなのだろうか。確かに十六になったばかりの妻など子供にしか見えないのかもしれない。だが、食事のときですら目も合わせようとしない態度はダーシャを凍りつかせている。

「前の奥方様は――」

「しっ。この場ではそのことを口になさらないほうがよろしいかと思います」

周りには誰もいないが、確かに屋外で話すようなことではない。

前の妻たちへの愛情ゆえに、ダーシャを愛せないというならむしろ安心できる。私の夫はとても人間らしいと。そうであってほしい。

でも違う。

そんな理由ではない。

あの物静かな態度が逆に恐ろしい。いつか山の神のように急に機嫌を変えるのではないかと不安でならない。

「お部屋に戻ってお茶にしましょうか」

「そうね。日差しが強いわ」

生まれ育った山麓の村はもう少し涼しかった。気をつけないと夜などは凍えてしまう。広大な帝国は土地によってさまざまな気候や文化がある。都は豊かな平地が広り、大河が潤す最高の土地にあるという。

「ダーシャ様、お心を強く持ってくださいね。この宮殿は美しいのですけれど、中で生きている人たちは必ずしもそうではありません。ダーシャ様だけでなく、皆が皆を疑い、安らぎなどないんです。不幸な方たちばかり」

ここに来て二年たつというヴァニはいろんなことを見てきたに違いない。

「ヴァニこそそんなこと言っていいの」

「あ、内緒ですよ。今度お許しが出たら街に行ってみませんか。物騒でうるさいけれど気分を変えるにはいいですよ」

こちらに関心のないアヤン皇子なら外出を許可してくれるのではないか。そう思うと心が躍った。

結局、夫から外出の許可が出ることはなかった。

ムハンマ皇帝は第十九代にあたる。

皇帝一族の始祖は元々地方土侯の傍系に過ぎなかった。そこから領土を広げ、運も味方して今がある。

これ以上領土を広げようと思えば、西のバランヤ王国を倒すか、北の長尾根を越えて山界に侵攻する以外ない。だが、山界に軍を送るのは無理なこと。

戦う相手はほぼバランヤのみとなっている。

しかし、ここ数十年は国境の戦しかおこっていなかった。

落としたところで信仰の違う土地を統治するのは難しい。国が大きくなれば付け入られる足下が広がるということ。海洋術に秀でた北西の国々に呑《の》み込《こ》まれないためにも、地固めが必要だった。

烈帝ムハンマにはシュリアという兄がいたが、継承争いの末ムハンマが皇位についた。暗殺されたシュリアには息子のイシュヌがおり、今は学僧となって宮殿の一角で暮らしている。

「これは妃殿下、お一人で本をお読みでしたか」

イシュヌに話しかけられ、ダーシャは微笑《ほほえ》んだ。宮殿の図書室にいると、この夫の従弟をよく見かける。夫より二、三歳下で、いつも穏やかに微笑んでいる。

「はい、侍女は所用で。宮殿には多くの本がございますので、お借りしようかと」

「歴史書は物足りないのではありませんか。この国には史書を残す習慣があまりないので、わからないことが多いのです。人がやったことも神の功績として語られてしまったり」

学僧イシュヌはいっさい政治にかかわらず学び続ける。子供を持たないために僧籍にあるらしいが、アヤンに次ぐ皇位継承権を持つ。継承権の放棄を皇帝が認めなかったという。放棄を撤回した例はあり、あまり意味がないからだ。

「神が多いですものね」

「そう、多くの者が神の名を持っているくらいです」

イシュヌとは〈表裏の神〉の名だった。

「物知りなイシュヌ様にはわからないことがないとお聞きします」

「そんなことはありません。わからぬことばかりですよ。何か知りたいことがございますか」

「山界のことはご存じですか」

「かの神秘の王国に関心は尽きませんが、私は宮殿を出られない身ですから長尾根を越える挑戦はできていません。クワール族の皆様のほうがご存じなのでは」

クワール族は長尾根の案内人として知られるが、それは限られた数名の話。案内人はたいてい年老いることなく山で死ぬ。

「私も又聞きくらいなのです。東西南北に四つの国があって、長尾根を越えた先にあるのは徐《じょ》という国だとか」

「ああ、徐国。聞いたことがあります。一度は亡国となりながら、英雄の王子が取り戻した国だとか。確か、ジュハクという名だと」

「まあ、その名は初めて聞きました」

「カシュウという彼《か》の地より遊学してきた学者から話を聞いたのです。興味がおありなら、いずれ紹介しましょう」

長尾根を越え、この地に根付く者も稀《まれ》にいる。奇妙な信仰を持つという山界も決して鎖国しているわけではないのだ。ただ長尾根を越えることが難しいだけで。

「ありがとうございます、楽しみですわ」

「それではアヤン様によろしく」

本を抱え、立ち去った。

よろしくと言われても、アヤンとは夕食のときくらいしか顔を合わせない。話しかけてもほとんど会話にはならない。最近の会話といえば、外出してもよいかと尋ね、否やと返ってきただけ。

イシュヌとのほうがよっぽど会話が多いくらいだ。

ダーシャ自身、そこまで山界のことに関心があるわけではない。ただラーヒズヤは自分の父親が山界から来た男だと思っている。長尾根の向こうの国に複雑な想いがあるらしい。

「ダーシャ様、お待たせしました」

使いから戻ってきたヴァニが駆け寄る。

「ごめんなさい、お使いを頼んで」

街で買い物をしてもらっていた。家族への贈り物だが、自分で選べないのが残念だった。

「イシュヌ様と話しておられたのですか」

「ええ、穏やかな良い方です」

ヴァニは溜《た》め息《いき》をついた。

「あまりお心は許さないでくださいね」

有能な侍女は人の好《よ》い主人が心配らしい。

もちろんダーシャもわかっている。アヤンに何かあればイシュヌが次の皇帝になるのだ。

「大丈夫よ。私はいつも張り詰めている」

ただそれが死ぬまで続くのかと思うと辛いだけ。

ダーシャが何か失敗すればクワール族に災いが及ぶ。なんとしてでも夫に寄り添い、跡継ぎも産まなければならない。

だからダーシャはなるべくアヤンと同じ本を読むようにしていた。話のきっかけをつかむために。あなたが思うほど私は子供ではないとわかってもらうくらいしか、ダーシャに打つ手はなかった。

情の問題ではない。

クワールの未来の問題だった。

暑季の終わりに縁組みを受け、雨季に嫁ぎ、乾季の今。いつまでも怯《おび》えてはいられない。前の妃殿下は妻となって二ヵ月で亡くなっている。宮殿から別の男性と逃げて死んだという。だからダーシャの部屋の窓には柵がついているのだと。

「今日は晩餐《ばんさん》がありますから、お召し物を選んでおきましょう」

月に一度、皇族や要人が集まり宴《うたげ》を開く。無礼講ではあるが、常に緊張感が漲《みなぎ》っていた。

一見すると思い思いにくつろいでいる。

長椅子に寝そべりながら果実をほおばる者もいれば、床に座り手で食事を取る者もいる。皇帝以外決められた席はなく、奏者と踊り子が宴を盛り上げる。

ダーシャは少しでも話がしたいとなるべく夫の傍らにいた。アヤン皇子は他の者たちとはある程度会話をしている。相手にされていないのは妻だけなのだ。それを思い知らされて胸が締め付けられる。だが、挫《くじ》けるわけにはいかない。

「君は少し他の人と話すといい」

アヤンは面倒になったのか、ダーシャを突き放した。そう言われてしまうと、そばにばかりはいられなくなる。

「ダーシャ様、楽しんでいらっしゃる？」

話しかけてきたのはアヤンの妹のリーディであった。兄とは似ておらず、気丈な眼《まな》差《ざ》しを持つ。

「ええ、楽しんでいますわ、リーディ様」

年上の義妹は有力土侯であるヌーイ侯の三男を夫に選び、都で暮らしている。皇族の集まりにはかかさず出席していた。

このリーディと夫のカビアもまた要注意人物だと父に教えられていた。マニ帝国は皇位継承は男子に限られているが、皇女が玉座についた前例があった。

男子の継承者が幼すぎる場合、皇女は夫に実務を任せる形で女帝となる。そういう例外はありえるのだ。つまり、リーディは実質継承権第三位ということになる。

気ままに暮らしているリーディにそんな野心があるかは知らないが、いかに愛されていない妻といえど、アヤンに何かあればダーシャもまたただでは済まないだろう。

決して気を許すことはできない。

(私の前の二人の妃殿下がどうなったか、忘れてはいけない)

ダーシャはリーディとともに酒を口にした。酒はまだ苦手だが、社交辞令としてこの場では少しでも呑まなければいけない。

「兄様は気難しいでしょう」

囁《ささや》くでもなく言う。このあけすけな姫君は周りに聞こえてもかまわないと思っている。

「いいえ、そんなことありません」

強がりでもなかった。アヤンの場合、気難しいとかいう以前の問題だった。

「そう。ならよかったわ。私の屋敷《やしき》にも遊びにいらしてね」

こちらが宮殿から出られないことを知っていて誘っているのか、それすらもわからない。もしかしたら、疑いすぎているのかもしれないとダーシャは悩んでしまう。皇子のことを責められないくらい私も心を閉ざしているのではないか。

「ええ、是非」

努めて明るく応えて、ダーシャはもう一口酒を口にした。

皇帝がこちらを見ているような気がした。近頃は病がちだと聞いているが、小山のような大きな体をしている。落《お》ち窪《くぼ》んだ目は鋭く、唇はいつも不機嫌に曲がっていた。黒ずんだ皮膚は日焼けではない。

若い頃はまだ威厳に溢《あふ》れているように見えていたという。健康を損なっているというのは本当なのだろう。

宴の前にアヤン皇子と挨拶には行っている。早く孫を見せてくれと言われたのも辛かったが、なにより恐ろしさに身がすくんだ。

皇后シュバンシカは夫の代わりに微笑んでいた。皇帝より三十近く若い美貌の皇后は近年娶った後妻だった。

ダーシャには優しく接してくれている。元々素直なダーシャにとっては好意に疑いを持つことへの罪悪感があった。

「あの……アヤン様、今リーディ様から屋敷に遊びに来ないかと――」

もう一度外出の許可を貰《もら》えないか試してみたが、アヤンはこちらの話を聞いていなかった。

少し苦しげな顔をしてじっと前を見据えている。

ダーシャは諦めて小さく息を吐くと、夫から距離を置いた。

奏者が弦を掻《か》き鳴《な》らし、踊り子たちは旋律に合わせ、最高潮の舞を見せていた。破天荒な神々への祈りはこのくらいじゃないと伝わらないとばかりに。

皆が演目に目をやっていた。どこを誰が歩いていたかなんてわからない。このときのダーシャには何もかもがゆっくりと動いて見えた。アヤンの手から落ちた陶器の酒杯が白い液体を散らして床に落ちた。

割れた音で演奏が止まる。

皆の視線が向けられるのと同時にアヤンは血が混じったものを嘔吐《おうと》し、その場に前のめりに倒れていた。

皇帝が椅子から降りて駆けつけてくる。ダーシャも駆け寄って膝をつき夫に呼びかけた。

「アヤン様、どうなさいました」

小刻みに震える夫は答えない。顔はみるみる白くなっていく。

「兄様っ」

「アヤン様がっ」

リーディ姫とその夫カビア、皇后シュバンシカも驚いて駆けつけてきた。

「アヤン、しっかりしろ。医者を呼べ」

皇帝は我が子を抱きしめた。これほど取り乱したところを見たことがない。

「陛下、吐かせます。皇子をこちらへ」

イシュヌは皇子を受け取ると、口の中に指を突っ込み、腹に残っているものを吐かせる。

騒然とした中、医者がやってきた。運ばれていく夫がか細い呼吸をしているのが見てとれた。

アヤン危篤のまま、翌日ダーシャは捕らえられていた。

※

罪人のための塔。ずいぶん長いこと、ここに閉じ込められている。

乾季から暑季へと変わり、暑さに命を削られているかのようだ。小さな窓からはろくに風も入ってこない。

ヴァニが扇《あお》いでくれたり、行水をさせてくれることでなんとか持っているようなものだった。

もしかしたらこれが処刑なのか。父も母もこんなふうに閉じ込められているのか。丈夫じゃない母はどうしているだろう。

もはや涙も流れない。

一命をとりとめた夫も妻に毒を盛られたと思っているのかもしれない。宴の中、もっともアヤンのそばにいたのはダーシャだった。

ダーシャの部屋から見つかった毒粉は北の長尾根に生えている花を乾燥させたも

の。

（……いったい誰が）

小窓の向こうにまた紫色の蝶が舞う。

二

なんて山なのか。

育ちすぎた虎、初めて見る奇怪な暗魅《あんみ》。山で死んだ者の変わり果てた姿なのか、地べたから枯れた手のようなものを伸ばし足を掴《つか》む魄奇《はくき》。

そんな脅威にさらされながら険しい山を行かなければならない。気候は小刻みに変化を見せ、青空から横殴りの雪に変わる。

一ヵ月はかかると言われる山を二十二日で走破し、裏雲《りうん》は麓の村を見下ろした。ついにここまで来た。雄壮な神話が彩る大地、南異境の北端に到達したのだ。

気が抜けて体が動かなかった。翼に頼り、少しばかり体力がなくなっていたのだろう。自分に比べて、まだ余力のありそうな飛牙《ひが》を恨めしく横目で睨《にら》んだ。

「子供みたいに目を輝かせるな」

山麓の村を眺め、飛牙は嬉《うれ》しそうに笑っていた。

「だってよ、クワールの村だぞ。懐かしくてさ」

愛らしく品のいい王太子を野生の申し子のように変えた恨めしい南異境。飛牙の笑顔にいささか苛立《いらだ》ちを覚える。

「ここで悪事と女遊びを学んだか」

「なんでもやった。最初は言葉もわからないんだ。いつ死んでもいいと思えば気が楽だったよ」

たった一人、十五の少年が乗り越えた試練の先にあった自由。彼が懐かしく思うのも当然だろう。理解はしているが、裏雲としては複雑なものがある。

(ここには私の知らない殿下がいた)

裏雲はゆっくりと立ち上がった。

狩りをしながらの旅は骨が折れる。術が使えたのは幸いだった。翼と違い、自ら身につけたものだからだろう。

「あれがラーヒズヤの村なのか」

「間違いない。あの村から山に入り、俺は徐に帰った。都は徒歩だとさらに一ヵ月くらいかかりそうなところにある。馬を調達できればいいが」

「村は監視されているようだ。入らないほうがいい」

ちらほらと兵がいるのはそういうことだろう。大罪人を出した村という扱いなのだ。

「そうなんだが、話は聞きたいよな」

ほら、と飛牙は指さした。樹木の間に人影が見える。色鮮やかな頭巾を巻いた年配の女のようだ。

「村の女だろう。黄金《こがね》スグリの実を摘んでいる。南異境じゃこのあたりでしか採れないから貴重なんだよ」

「任せる。私はまだここの言葉を使い慣れていない」

山越えの間、裏雲も南異境の言葉で話す努力を重ねてきたが、如何《いかん》せん短期間。六年間この地にいた飛牙にはまだまだ及ばなかった。

おう、と応えると飛牙は女に近づいた。

「こんにちは。クワールの人だろう」

女は驚いたようだが、すぐに目を細めて近づいてきた。

「山界から来たのかい。言葉が通じるんだね」

顔立ちや身につけているものでそう判断されたらしい。

「ああ。話せる」

「ご苦労さんだったねえ、よく無事で」

このくらいの会話なら聞き取れる。裏雲は様子をじっと窺《うかが》っていた。

「まあ、難儀な山だよな。で、村には入れるか」

「今はやめたほうがいいよ。ちょっと軍の監視があってね。ねえ……山界の人、あんたどこかで見たことあるような」

十三年前この村から入り、七年前この村から帰った飛牙に見覚えがあるのは不思議ではない。

「そっちからしたら山界の連中は皆同じ顔に見えるんじゃないか。村に寄れないようななんかがあったか」

「まあね……食べ物買うかい？」

「水に食い物と着物二着分、あと馬が二頭ほしい」

飛牙は懐から金と宝石を出した。

「もう一人いるのかい。でも、馬は無理だね。ここから南の村で買うといい。あとは持ってくるから、待っていなよ」

女はスグリを抱え、いそいそと村に戻った。

「ずいぶん簡潔なやりとりだな。ラーヒズヤのことは話さないのか」

「この村に皇帝側の内通者がいないという確証がないだろ」

裏雲は肯《うなず》く。苦労に苦労を重ねてきた〈寿白《じゆはく》殿下〉は決して単純なお人好《ひとよ》しではない。

　まもなくして女が頼まれた物を持ってきた。衣服は亭主のものらしく地味だが、目立たないためには悪くない。

　多目に金を渡すのは口止め料も含まれている。女も心得たものだった。どちら側からにせよ、山を越えようとする者は訳ありであることが少なくないからだろう。

「確かに。ところで、山の途中、子供連れを見かけなかったかい」

「いや……誰も見なかったよ」

　確かに山では見かけていない。嘘《うそ》はついていない。千人以上はいるであろうこの村で、ラーヒズヤが山界に旅立ったことをどれほどの者がわかっているのか。この女は知っていて心配しているのだろうが、飛牙は迂闊に情報を漏らさない。

　着替えて山を下りると、歩き出した。

　暑季の南異境は相当暑いらしいが、幸いここは北部山麓。そこまで苦労することはなかった。

　天下《てんげ》四国《しこく》とはまた違う雄大さは裏雲にとって新鮮だった。四国も広大な土地を持つが、マニ帝国はそれを上回るという。

　天下四国と呼ばれる以前から彼の地は大山脈の中で争ってきたが、生きるか死ぬかで拡大と滅亡を繰り返してきた異境は大きさが違う。

　わずかに既視感があるのは、恩師であった侖梓《ろんし》のかすかな記憶。白翼仙《はくよくせん》になる前に南異境に旅をしたのだろう。そのくらいの経験を積んで白翼仙となった。殺して奪い、おのれの命梓の知識を使うとき、かつては罪悪感に苛《さいな》まれたものだ。なんと浅ましいのかと。知識であるかのごとく利用する。

翼が白くなっても、贖罪《しょくざい》が終わるわけではない。命梓にも勝る知恵と経験を重ね、後世に何かを残すことが生きる意味だろうと思っていた。

「でっかくて感激してるだろ」

先輩風を吹かしながら楽しそうに話しかけてくる。

「そうだな。堪能《たんのう》している」

「でもな、人はそんなに違わない。だから意外にせこい争いも多くてさ。たぶん、皇帝とその周辺だって同じだろうよ。ダーシャはそこに巻き込まれた。まずは次の街で無事かどうかを確認しないと」

辺境から嫁がされた十六歳の妃殿下が何故《なぜ》疑われたのか。部屋から毒が見つかったというが、何故皇子の妃《きさき》の部屋が捜索されたのか。仮にダーシャという娘が毒を盛ったというなら、外に捨てるなり、すぐにその毒を処分することもできたはず。

皇子を狙ったのか……それともダーシャを狙ったのか。アヤン皇子の前の妻が二人不審死を遂げているというなら、三人目の妻の死を望む者がいても不思議ではない。

幸い都へと街道は続く。その辺の事情は都に着くまでにある程度わかってくるだろう。

裏雲は後宮であらゆる物事を見てきた。いびつな人間関係を知り尽くし、人の目利きにも長《た》けている。裏雲には謎を解き明かす自信があった。ただ、ダーシャやクワール族を守る形で解決に導ける者がいるとしたら、それは飛牙しかいないだろう。

（殿下は英雄なのだから）

その名を異境にまで轟《とどろ》かせることができたなら――裏雲がこんなところまで来た目的の半分はそこにあったかもしれない。

なにしろここには飛牙の妻子もいない、弟もいない、大叔母も義兄弟もいない、なによりあのひらひらした天令《てんれい》もいない。

「皇帝の一族とは会ったことがないのだろうな」

「ねえさ。俺はここでは流れ者だったんだよ。士侯の屋敷に盗みに入ったことならあるけどな」

「義賊でもしてたか」

「まさか、盗んだ物は俺のものだ」

「それはよかった。それで当時は皇帝のお家騒動の話は聞かなかったのか」

飛牙は思い出すように小首を傾《かし》げた。

「ムハンマって皇帝が兄貴を殺して皇位についたってのは噂に聞いていたよ。有力な土侯を味方につけた。容赦しない男だって評判だった。二つ名が烈帝だからな」

「他に兄弟はいなかったのか。皇后は？」

「確か他の兄弟は公妾が産んだ継承権のない庶子だったかと思う。ディクシャという皇后には先立たれていた。だが、ラーヒズヤの話だと三年前に正式に後添いを貰ったようだな。シュバンシカという若い未亡人だったそうだ。息子一人だけじゃ不安で他に皇子が欲しくなったのかもな」

南異境の名前は少々覚えにくい。

「ほぼ独裁か？」

「大長老会議と呼ばれる議会のようなものはあるんだ。そこでは身分の高い連中の審議もする」

「裁判制度があるのか」

「一応な。長老会議の一部の議員が審議院で罪があるかどうかの評定などをする」

「ならば妃の裁きもそこでつければいいのではないか」

「たぶん公正なものは望めないぞ。裁きはあったという建て前のためだ。それにすぐ判決を出す。審議院に送られたら、ほぼ最後だという話を聞いた」

それでは処刑のための手続きに過ぎない。

「大長老会議は土侯や部族長の集まりだが、その中もきな臭いらしい。俺、暗殺を頼まれたことがあった。関わりたくないから受けなかったがな」

「賢明だな」

「ここは多民族国家だ。諸王がいて、反乱みたいなものは何度もあった。元々は緩い支配だったが、それを押さえつけながら帝国の版図を拡大させた。帝国の歴史は天下四国よりずっと長いが、断絶して王朝が変わったことは何度かあった。遠縁だか傍系だかに移ったわけだ。今のはハリンダル朝だったか」

気楽に過ごしていたようだが、なかなか詳しい。

「ほら、あれをいくら持っているかが軍事力の証《あかし》なんだよ」

前方に象の小隊が移動しているのが見えた。

ここでの戦争では象が大きな役目を果たす。あの巨体に群れをなして攻め込まれれば人間などひとたまりもないだろう。

「大山脈の恩恵をつくづくと感じる」

「そういうこと。あれがなきゃ天下四国はなりたたない」

思えばあそこは不思議な地だ。まるで外海から切り離され、独自の進化を遂げた島のようだ。

「向こうに見えるのは？」

「石窟だ。何百年か前、商売のために街があったらしいな。盗賊の根城になっていたから近寄らないほうが無難だろう」

「殿下から無難という言葉が聞けるとは」

「俺は臆病者だぞ。だから生きながらえた」

彼なりに慎重には振る舞っていたのだろう。庚《こう》となった国を逃亡している間も、だからこそ最後まで敵に見つかることはなかった。そのぎりぎりをゆく習性はこの地に来てからも生かされたのだろう。

歩き続けて、夕日が落ちる前に集落のようなものが見えてきた。

「今日は宿に泊まれそうだ」

見えてきた街を見て、飛牙は日に焼けた顔を綻ばせた。


マニ帝国の起源は五百年以上前に遡る。

南異境の北西の草原地帯からやってきた遊牧民も多く、皇帝一族もそこに起源があるという説もあった。記録を残さない習慣もあってそこらへんは定かではない。

褐色の肌をしているが、髪や瞳の色がさまざまなのは千年を超えて混じり合った土地の証だろう。

肉感的な体つきに一枚布を巻き付けた衣装がよく似合う。耳や鼻にも飾りをつけた華やかな女たちを見ていると、神々の創造物にも思える。傷ついた無垢《むく》な魂はこの地で逞《たくま》しく再生した。

（殿下を救い、堕落もさせた、罪深き楽園）

　裏雲にはそう思えた。

　途中で馬を手に入れ、飛牙と裏雲は十日足らずで皇都へと入った。

　都とはこうでなければいけないと思わせる活気はさすがである。遠くに見える霊廟《れいびょう》の見事さには舌を巻く。

「赤岩と大理石、それを幾何学模様で組み合わせた左右対称の建築物。どうだい、たいしたものだろう。水路を巡らした庭園もすごいぞ」

　自分の国を自慢するように飛牙が言う。ここからは庭園までは見えないが、裏雲もいずれ行ってみたいと思った。

「異国の文化は面白いものだな」

　四国もそれぞれに違いがあるが、根底は同じ。ここは根っこから違う。街を象が闊《かっ》歩《ぽ》する様子には胸が躍る。

　山脈を越え、さらに都まで来る間、飛牙に教えてもらい、会話には不自由しない程度に言語を身につけてきた。街の者たちが何を言っているのかもだいたいはわかる。話すほうはやや不安だが、それも数日あればなんとかなる。

「丸い屋根は燕《えん》国にも見られる。あそこは混在したところだが」

徐国もそうだ。南羽《なんう》山脈に接する街は南異境の影響が濃い。

「あんなとんでもない山があっても意外に入ってくるもんだよな。逆にここが山界の影響受けたこともあるんだよ。まあ、それはおいおい。まずは寝るとこだな。けっこうぼったくり宿もある。少しいい宿を選ぶか」

馬小屋があって、世話もしてくれる宿となると、おのずと限られていた。三階に部屋を取ると、飛牙は横になって眠った。

裏雲も疲れてはいたが、昂揚《こうよう》する気持ちのせいで目を閉じる気になれなかった。

マニ帝国皇都ヤグハーン。広大な領土の北部中央に位置する百万都市。マニワカ大河を下れば一日で海に出るという好立地だ。

都に入っても目新しい情報は得られなかった。

アヤン皇子の病状も、捕まった妃の話も街の者は誰も知らなかった。どうやら内密にされているらしい。

宮殿関係者の口を開かせるしかないだろう。

おそらくアヤン皇子も生きてはいる。皇子が死んで葬儀もしないということはないはずだ。ダーシャ妃に関してはなんとも言えなかった。先妃のこともあってか皇子の妃がすでに三人目だということすらあまり知られていない。

この窓からは宮殿が見える。小高い丘の上にある皇帝の住まい。

栄耀栄華《えいようえいが》を詰め込んだ石造りの建造物は大きく優雅で、帝国の強さと豊かさをこれでもかと見せつけている。

夜になって横になろうかと思ったとき、むくりと飛牙が起き上がった。

「おまえは寝てろよ。俺は出る」

「そのつもりで寝てたのか」

「ああ。この街はな、夜こそ面白い話が聞けるんだよ」

確かにこの都にも不夜城はありそうだ。

「私も行こう」

翼仙《よくせん》は人の半分も眠れば間に合う。

「山界人らしき色男が二人ってのは目立つだろ。一人のほうがいいんだよ」

そう言って夜の街へと出ていった。

彼にしてみれば恩人たちの命がかかっている。まさか遊びが目的でもないだろう。

山脈を越える間、飛牙はクワール族の村で世話になったときのことを話した。ぼろぼろになって異境にたどり着いた少年を族長の一家が手厚く看護してくれたという。

こと族長の娘クシイとは親しくなったらしい。そのクシイがラーヒズヤの母親だという。ラーヒズヤの年齢を思えば、確かにこの時期に授かった子である可能性は高い。しかもラーヒズヤは確かに南異境と天下の混血のようにも見える。

（殿下の子……か）

なにしろ殿下は否定しなかった。

だが、当時は十五だ。

半月も世話になり、具合もよくなってクワールの村を出た飛牙はその後いっぱしの流れ者になっていく。どこまで本当かは知らないが、盗賊団と戦ったり、傭兵《ようへい》となり戦場にも赴いたらしい。

ふてぶてしい面構えになって祖国に戻った。もう気づかれることはないと思ったのだろう。

思うところはいろいろあれど、裏雲はこの国に感謝していた。

彼を生かしてくれた。だから今がある。天下四国は建て直された。これほど罪深い自分が白い翼で殿下を包み込むことができた。

朝、宿に戻ってきた殿下は笑顔だった。

「ダーシャは生きてるぞ、族長夫婦も。宮殿の西にある塔だ」

「それはよかった。誰に聞いた？」

殿下には昔馴染《むかしなじ》みもいるだろう。おそらくその人物に会いに行ったのだ。旧交を温めるのに従者は邪魔だった。

「そのうち紹介する。それより腹減ったな」

あとはどうやって助けるか——そう呟《つぶや》くと飛牙はもくもくと飯を食らった。

三

うっすらと目は開いている。

こちらのことがどれだけわかっているのか、それすらも定かではない。匙《さじ》で口に入れられた麦の粥《かゆ》を嚥下《えんか》していた。

それでも少しずつ回復の様子を見せている。

「アヤン様、必ずやよくなります。どうかお気を確かに」

皇后シュバンシカは継子《ままこ》の手を握った。

たいして歳は違わないが、義理の息子ということにはなる。アヤン皇子も母だとは思っていない。ただこの礼儀正しい皇子は皇后として敬意を持って接してくれていた。

北の長尾根にだけ自生するドクゼリは口にすれば少量でも死に至るらしい。手当が早かったことで一命を取り留めたけれど、果たしてそれがよかったのか。

おそらく全快することはない。なにかしら不自由なところが残るだろう。痛ましいことだと思う。

その美貌で皇后となったシュバンシカは夫の一族の恐ろしさを知っている。アヤンのことにも驚きはなかった。

いつかこんなことになると思っていた。殺すか殺されるか。それを座右の銘として生きてきた男が皇帝なのだから。

「今日はよくお召し上がりですよ」

食事を終えたアヤンの口元を拭いてやりながら、医者が微笑んだ。

「わたくしが食器を下げましょう」

シュバンシカが片づけようとすると、医者は大慌てでそれを止めた。

「いえいえ、とんでもありません。片づけさせますから」

見舞いに来ただけの皇后に片づけさせまいと、医者は廊下に出て鐘を鳴らした。これで近くにいる助手を呼んでいるのだろう。

その隙にシュバンシカはアヤンの耳元に口を近づけた。

「聞こえていらっしゃいますか、皇子。あなたに毒を盛った疑いをかけられて、あなたの妻が捕らえられています」

心なしアヤンが目を見開いたように見えた。このことをどう思ったのかはわからないが、理解した反応があった。

皇子から直接事件のことを聞くのは無理だという話だったが、どうやらそうでもない。

「妻を助けたいと思う気持ちがあるのなら、あなたは自分の口で話すか、自分の手で書けるようにならなければなりません」

そこまで話すので精一杯だった。医者がすぐに戻ってきたのだ。誰が見舞いに来ようと目を離してはならないと言い付けられているのだろう。

「皇后陛下、皇子は食事を召し上がるだけでもお疲れですので」

暗にもう出ていけと言っているらしい。シュバンシカのほうも用件は終えた。これ以上重病人の傍らにいる必要はない。

「ええ、お見舞いができてよかったわ。アヤン様をよろしくお願いしますね」

シュバンシカは優雅に立ち上がり、医者に見送られ病室を出た。

怯えながらも妃殿下となった小娘に同情したのかもしれない。普通に考えれば、ダーシャ妃が夫に毒を盛るなどありえないこと。宮廷におけるあの娘の立場は弱い。中には蛮族の娘と蔑む者もいる。

それでも健気《けなげ》に務めていた。

歳の離れた皇帝の後妻という立ち位置のシュバンシカが、ダーシャ妃を憐《あわ》れと思うのは自然なこと。

極めて聡明《そうめい》ではあるが、今ひとつやる気のなさそうな跡目の皇子だけでは不安になった皇帝が、うまくいけばもう一人男児が生まれるかもしれないと思った末の再婚。誰かがそそのかしたのかもしれない。

戦死した臣下の妻で、夭折《ようせつ》したとはいえ子供を産んだ実績のある女。皇后に据えるだけの家柄ではないかもしれないが、跡を継がせるには皇后の子であったほうがいい。かくして皇帝は評判の美女を妻にした。

未だ子供はできていない。

皇帝自身が病がちになったのだから仕方がないと皆が言う。そもそも六十近い皇帝に子ができるとは誰も期待はしていなかっただろう。

シュバンシカ皇后はよく皇帝を支えている。偉ぶらないお優しい方、そう評価されているのをよくわかっている。

(……そうでもないわ)

シュバンシカは自分の黒さを自覚している。

それでもダーシャ妃を気の毒だと思っているのは事実だった。シュバンシカは皇子に毒を盛ったのがダーシャ妃ではないことを察しているのだから。

熱いマニ帝国の暑い夏。

年配の侍女に扇がせ、木陰で寝そべっていると無粋な者たちが次々とやってくる。

庭でくつろいでいる皇后には話しかけやすいのだろう。

「皇后陛下におかれましては――」

このかしこまった言い方はリーディ皇女の夫カビアだ。

五代ほど前の皇帝の庶子が土侯となり、今では宮廷に自由に出入りするほど力をつけた。ヌーイ土侯の三男カビアが首尾良く皇女を妻にしたのだから、今では皇族のつもりでいる。領地に戻る気もないらしい。

「カビア様、ご用件はなにかしら」

「いえ、ご挨拶までと。ところでアヤン様のお見舞いに行かれたそうですが、いかがでしたか」

「奥様のリーディ様も兄君のお見舞いには行ってらっしゃるのでしょう。聞いていらっしゃるのでは？」

「妻は兄上の姿を見ていられないと嘆いていました。無理もありません、妻は肉親ですから」

リーディはそんな繊細な女ではない。大人しい兄より自分のほうがよほど男だと思っている。それは事実かもしれない。

「アヤン様は少しずつよくなっているようです。いずれすっかり快復するのではないでしょうか」

「北の長尾根のドクゼリは一命を取り留めても目が見えなくなったり、半身が麻痺《まひ》したりと全快することはないと聞きますが」

「そうらしいですね。でも、この栄光あるマニ帝国の玉座に座る皇子になら奇跡がおきてもよろしいのではないかしら。神々の加護だってきっと」

それはもちろんですとカビアは笑った。こちらを夢見がちな頭の弱い女と思っているのかもしれない。

古代より語り継がれる神々の叙事詩。再生の神、豊穣《ほうじょう》の神、慈愛の女神、殺戮《さつりく》の神、川の神、山神……いくらでもいる。その誰かがアヤンに慈悲をかけてもいいのだ。

だが、誰がアヤン自身を案じているだろう。

実際、カビアの頭の中は次の皇帝のことだけだろう。

もし、アヤンが皇帝を務められないなら、次はイシュヌということになる。イシュヌは皇帝の兄の息子。本来ならそちらのほうが正統ともいえる。

そして次はリーディか。皇女が女帝になった例はある。

傍系の土侯はカビアの実家であるヌーイ土侯の他にもいる。祭儀を司るラバル大僧長もその一人。大長老会議を率いる議長、ジャプールもそう。広い意味では継承権があるといえる。

アヤンの回復が見込めないとなれば、イシュヌ派とリーディ派に国が分かれることになるだろうか。

「ダーシャ妃の審議を止めているのは皇后陛下だと伺いました」

「今審議をしても極刑しか出ないわ。疑わしいだけで処刑するのはおかしな話でしょう。かりにも妃殿下です。マニ帝国は何人の妃殿下を殺せば気が済むのかと隣国に眉をひそめられることでしょう」

「そのとおりです。アヤン様の妃が幾人も亡くなるとなれば、その名に傷がつくというもの。私も妻も同じ考えです」

それはよかったわ、と微笑んでみせた。

たとえうわべだけでも処刑に反対してくれるならけっこうなこと。

たいした話もないまま、義理の娘婿は去っていった。

甘いお茶を口にして、シュバンシカは目を閉じた。皇后とは良い身分だ。腕を投げ出せば、それだけで爪に色を塗られる。暑そうな顔を見せれば、扇ぐ者がもう一人増える。ムハンマ皇帝のために装って笑えばいい。そう思い嫁いだが、これがなかなか立ち回りの難しい身分だった。

そんなことを思っていると、次に皇后詣でにやってきたのはラバル大僧長であった。

野にある僧と違い、この老人は有力士侯の出だ。それでも息子が多いと出家することが少なくない。祈りの世界も生まれついての身分がものを言うのだ。ただ大僧長も現在は微妙な位置にいる。

「いやいや、暑いですな。歳をとりますときつい」

僧には珍しく太っている大僧長は汗を拭いていた。

「大僧長は大事なお方。無理はなさらないでくださいね」

美女に労《いたわ》られ、老人は顔を綻ばせた。

「ありがとうございます。しかし、アヤン様のことは拙僧には信じられないのです。ダーシャ妃は心根の良いお方、大それたことをするとは思えません」

大僧長がまとめた縁組みだった。妃殿下が皇子を殺そうとしたなどと言われては立場がないだろう。

「ええ、可愛らしい方です。妃殿下を冤罪《えんざい》で死なせるようなことがあっては帝国の威信にも関わります。きちんと調べないといけませんわ」

「皇后陛下にそうおっしゃってもらえると助かります。拙僧が言うと責任転嫁のように思われますから」

大僧長も苦労したはずだ。なにしろアヤンの前妻二人は若くして死ぬことになった。彼女たちの実家にまで災いが及び、一族は離散し亡命している。

「アヤン様のお妃選びが難航したのは誰もが知っていること。ご苦労なさったのでしよう」

「ええ、それはもう。皇帝陛下が早くアヤン様に世継ぎがほしいとおっしゃって、あのように早急なことになりました」

私に子ができればそこまで急かされることはなかった――シュバンシカは思う。皇帝はイシュヌには皇位を渡したくないのだ。因縁の兄の子には。

それでも継承権を放棄させなかったのはイシュヌへの圧迫だっただろう。監視している、復讐《ふくしゅう》はさせないという牽制《けんせい》だ。

「陛下はあなたが頼りなのです」

「もちろん、身命をかけて尽くしておりますが……」

「アヤン様が話せるようになればきっと事態は動くでしょう」

大僧長はやるせなく息を吐いた。その期待は持てないと思っているのだ。

「……しかし」

「祈ってくださいませ」

立場的には祈りなどなんになろうかとは答えられない。大僧長は口をつぐむと立ち去っていった。

皆がなんらかの期待をシュバンシカにしてくる。

ムハンマ皇帝を動かせるかもしれない唯一の人物と思っているのだろう。だが、言葉で皇帝を動かせる者などいない。

ムハンマは誰も信じていないのだから。

彼は身の内に不信の神を飼っている。否定されることがなによりも許せない。だから周りは恐れて何も言えなくなってしまう。周囲にはいつも穏やかに微笑むシュバンシカが恐れていないように見えるのだろう。

シュバンシカから見た夫はそこまで横暴ではない。自分の不器用さに苛立っているように思えた。

アヤンの二人の妻が何故死んだのか。

皆彼女たちのことを忌避する。触れてはいけないことだと漠然と考えている。

最初の妻はサイラ。それほど綺麗ではなかったが、しっかりした娘だった。なんといっても信頼厚い宰相の娘。だが、サイラは塔から飛び降りて自害した。妃殿下となって五年後のことだったという。

二番目の妻はユクタ。温厚な可愛らしい娘だった。こちらも申し分ない家柄の姫だった。しかし、嫁いでわずかの間に彼女は宮殿から逃げ、他の男と異国へ駆け落ちしようとした。結局ユクタは裏切りの代償を命で払った。

この国は女にばかり貞節を求める。

大事《おおごと》にしないでほしいと訴えるアヤン皇子に対し、父である皇帝は烈火のごとく怒った。一族が虚仮にされることを許さなかった。

ムハンマは追い詰められてユクタが自害したと言っていたが、皇帝の命で殺されたというのが大勢の見方だ。ただ表向き口にはしないだけで。とにかく彼女には妃殿下に推される前から愛した人が他にいたのだろう。

(アヤンの妻は不幸になるしかないみたい)

そろそろ部屋に戻ろうかと思ったとき、最後にやってきたのは大物だった。

我が夫にして、皇帝。ムハンマが一人でこちらを目指して歩いてくる。大きな体をしているが、顔色は悪い。離れていても目の下の隈《くま》ははっきりとわかる。

ムハンマはシュバンシカの前に来ると、手で侍女を追い払った。二人きりになりたいらしい。

「ハウリカ、休んでいてちょうだい」

年配の侍女は黙って肯くと、立ち去った。

「これは陛下、どうなさいました」

「妻に会いに来てはいかんか」

「いいえ、嬉しゅうございます。どうぞ、お座りになってください」

となりの椅子を指した。

「おまえはいつも美しいな」

妻を誉《ほ》めるのに、忌々しそうに言う。

「ありがとうございます。ハウリカが煎《い》れてくれるお茶が効くのでしょう」

「あれもそろそろ隠居すればいいものを……もうあの歳だ」

侍女のハウリカは亡きディクシャ皇后がムハンマに嫁いだとき実家から連れてきた侍女だった。

「あら、あなたよりいくつか若いでしょう。それで陛下、お体はよろしいのですか」

「今日はいい。ところで、アヤンに会ったそうだな」

「ええ、わたくしは義理でも母ですから」

皇帝は眉根を顰《ひそ》めた。

「別に責めてはおらん」

「しっかりお食事も召し上がっていましたわ。元気になられるのではないでしょうか。希望はあります」

「あれは弱い男だ」

自分の息子を切り捨てた。

「病気などしたことはないと聞きましたが。戦場で指揮をとり、武芸にも秀でていました」

「心が弱いのだ」

苛々《いらいら》したようにこちらを睨む。妻が賛同しないことが腹立たしいのだろうが、シュバンシカにはシュバンシカの意見がある。そこを曲げる気はなかった。

「どうでしょう。何を以《もっ》て心が弱いというのか、わたくしにはわかりません」

「おまえは私に逆らってばかりだな」

「義理の母としてアヤン様のお立場になってみただけのことです」

「心にもないことを」

皇帝に鼻で笑われた。この男は妻を相当に腹黒い女だと思っている。だが、シュバンシカは動じない。

「ダーシャの審議にも反対しているな」

「あの方の立場に立って物申せる議員がいますか」

「毒はあの小娘の部屋から出てきた。クワール族にとっては得意の毒草だろう」

「マニではありきたりの毒だと聞きました。誰かが毒を部屋に隠すこともできるでしょう。それにあの娘に将来の皇帝たる夫を殺してなんの得があるんですか」

皇帝はふんと鼻を鳴らす。

「審議をしなければ生涯を獄で生きることになるが、おまえならそのほうがよいのか」

「いいえ、とんでもない。でも、審議で聞き出すも何も、ないものはないとしか言いようがないでしょう。そのような仕打ちをしては、各地の辺境部族が離反する遠因にもなりかねませんわ」

「蛮族どもになめられるのはもっと不快だ」

皇帝は歳とともに短気になっているように思う。疲れやすくなった体は言うことをきかない。若い頃は西のバランヤ王国まで領土を広げるつもりだったのだろう。けれども敵は強く、思いどおりにはいかなかった。シュバンシカには夫のそんな焦燥が手に取るようにわかる。

「落ち着きなさいませ。陛下はどうなさりたいのですか。アヤン様が駄目だというならイシュヌ様を後継者になさいますか」

「私が死んであれが皇帝になったら、おまえたちが復讐されるだろうよ。私の妻と子という理由でな」

「イシュヌ様が恨んでいると？」

「当然だ」

シュバンシカにはわからなかった。イシュヌは心の内を見せない。本音を引き出すことには長けたシュバンシカにも。

「皇帝一族が揉《も》めてばかりでは民も憂えます」

「奴《やつ》らにとってはこちらの内紛など格好の見世物だ。憂えたりはせん」

皇帝は誰も信じていない。

（わたくしたちはよく似た夫婦）

そう思うと笑えた。

「何がおかしい」

「わたくしには笑顔が貼りついているのです。皇后の務めかと」

皇帝は舌打ちすると立ち去った。

可哀想《かわいそう》な皇帝陛下。息子は死にかけ、妻も優しくはない。皇位か死、どちらかしかなければ皇位を狙うのは当たり前。その点に関してムハンマが悪いとはシュバンシカも思わない。

ただそういう流れにならないために、人の知恵があるのではないかと思うだけだ。

今度こそ部屋に戻ろうと思ったら、木の陰に人がいてこちらの様子をうかがっているのに気づいた。

「あなたはダーシャ様の侍女ね。出てらっしゃい」

皇帝の次は侍女。千客万来だった。

「あの……ヴァニと申します」

猫のような目をした娘だった。

「何か用があるのかしら」

「いえ、その、ダーシャ様は決して――」

「その話はけっこうよ」

いい加減頭が痛くなる。

「ダーシャ様にご配慮いただいていると聞いています。お礼をと思いまして」

「そう。それでダーシャ様はどうしてらっしゃるの」

「沈んでおられます。祈っていらっしゃいます」

今度こそ戻ろうとシュバンシカは立ち上がった。

「祈ったら何か変わるのかしらね」

かつて多くの祈りを捧げた。けれども夫も我が子も死んだ。皇后になりたいと祈ったことはない。

「ご自分でできることがあるのではないかしら」

途方に暮れたようなヴァニを残して、シュバンシカは部屋へと戻っていった。

四

「都のほとんどの者が事件を知らないというのは困りものだ」

つまり迂闊に口に出せないということだ。こんなことを尋ねて回っている異邦の者などすぐに捕まってしまうだろう。

「だから裏を知り尽くした奴が必要なんだよ」

　この間の昔馴染みとまた会う約束をしているらしい。ここでは殿下のほうが上級者だ。任せるしかないとはいえ、その昔馴染みとやらが気になって仕方ない。

「それは女か」

「男だよ。面白い奴でつるんでいた。裏雲はちょっとうるさいぞ、そっちだって越《えつ》に付き合っている女がいるんだろ」

　裏雲は思い切り渋面を作った。

「朱可《しゅか》とはそういう関係ではない。史書を書いているのだから、記述におかしなところがないか、調べに行っているだけだ」

「いいじゃねえか、親しい女がいたってさ。なんか俺、嬉しかったわ」

　ほのぼのしたとでも言わんばかりに、満面の笑みを見せる殿下が憎たらしい。

「なあ、紹介してくれよ。彼女も史家なら俺に会いたいだろ」

「会わせたくない。朱可は正確な記述を追求しすぎるからな。間男でヒモでたいていの悪事はしてきたなどと書かれては――」

「おまえのほうが規制してどうするんだよ」

　ばつが悪くなった裏雲はその話を打ち切った。

「いいから、行け。今日は昼日中に会うのだろう」

「一緒に行くんだよ。連れてくるってあいつにも言ってある」

どうやら紹介してくれるらしい。

「あ、殿下とは呼ぶなよ」

「わかっている」

宿を出て、下宿屋のようなところに向かった。明らかに貧民街、貧しい者たちがごろごろと床に寝そべっている。どこの都もそうだが、貧富の差は大きい。四国の王たちはいずれもその問題に向き合い始めている。この国の皇帝はいかがなものか。

きしむ階段を上り、三階へ行くと多少様子が変わった。小さいながらも個室があるらしい。扉ではなく、大ぶりの布がかかっていた。

「パールシ、俺だよ。入っていいか」

奥の部屋の前で一声かける。

「愛《いと》しいヒガ、待っていたよ」

布の奥からずいぶんと派手な男が現れた。黄金のターバンを頭に巻き、手にはいくつもの装飾品が輝いている。強い眼差しに大きな口が印象的だった。

(愛しい……?)

この国の言葉はもう完璧に聞き取れている。確かにパールシと呼ばれたこの男はそう言った。

「こっちが相棒のリウン。よろしくな」

「これはこれは。なんともさすがにいい男だねえ。これじゃ、俺を置いて国に帰りたくもなるわけだ。さ、入ってくれ。うちの狭い部屋がいい男でいっぱいになるなんて嬉しいじゃないかい」

殿下はここにいた頃、こちらを死んでいると思っていたのだから、会いたくて帰ってきたわけでもないが、この男はその辺の事情までは知らないのだろう。ここではあくまで流れ者のヒガだったということ。

「失礼する。ヒガが世話になったようで」

「そう、お世話したよ。いろいろたくさん。この子は最初言葉もわからなかったからね。いつも一緒にいて……幸せな日々だった」

大袈裟《おおげさ》なまでにうっとりと言う。ここで苛《いら》ついてはいけないと、自らに言い聞かせ裏雲はパールシの部屋に入った。

狭い部屋の中はパールシのこだわりが詰まっているようだった。神々の絵、仮面、なにやら御札《おふだ》のようなものも貼られている。香の匂いは悪くない。

「パールシは占い師で音楽家なんだよ」

「俺の占いによればヒガはかなりいいとこのお坊ちゃんだったんじゃないかと思っていたんだが、どうだいリウン？」

……当たっている。

「まあ近いかもしれない。それより、ダーシャ妃が生きているというのも、まさか占いじゃないだろうな」

少しばかり不信感が募っていた。この得体の知れない男は協力者だというのに。

「この目で確かめたよ、塔の上の囚《とら》われの美少女」

「どうやって」

「冗談。宮殿の近衛兵から聞いた。俺に借金してるから頭が上がらないんだよ。情報と引き換えに利子はなし」

副業で金貸しもやっているらしい占い師は絨毯《じゅうたん》の上に寝そべり、煙管をふかした。妙に優雅な仕草だった。

「で、皇子に毒が盛られたときの状況は？」

殿下はすぐに本題に入った。

「それも調べがついているよ。満月の夜に一族要人の宴、凶行はそこで起きた。くつろいだ宴席で、音楽と踊りで盛り上げ和気藹々《わきあいあい》とやっていたらしい。実際はそれぞれ思うところはあったとしてもね」

「毒は誰でも入れられたのか」

「入れ替わり立ち替わり皇子に挨拶に来ていたから、すばやくやればたぶん。皇帝は難しかったかもしれないな。ほとんど椅子から動いてなかったそうだ」

「すばやくと言うが、皇子が杯を持っていれば難しいだろう」

「アヤン皇子はあまり酒を呑まないから、食台に置かれていることが多かったらしい。そして人の動きは多く、さらに美しい踊り子たちに目を奪われる」

ふうと煙を吐き出し、パールシはどうだいと微笑んだ。

「それじゃたいていの者にできるか。ならダーシャだけが疑われるのはどうなんだ。他の者も部屋や持ち物を調べられたのか」

「そこらへんはよくわかってない。もっとも皇子のそばにいたからというのもあるだろう。前の二人の妃のことがあるから、疑われやすい状況だったのかも。これ以上知るにはその場にいた方々から直接聞くしかないだろうよ。近衛兵くらいではここが限界」

パールシは殿下に一服どうだいと派手な装飾の煙管を差し出した。それを受け取り、殿下もまた煙を吐く。その様はなかなか艶《あで》やかで板についていた。

「ありがとう、状況はわかった」

「しかしもったいない、もっと派手な着物を着ればいい。襟元に金の刺繍《ししゅう》、下はもう少し細く濃い赤で。靴はもっと尖《とが》っているのが流行だ。皇都の女たちが秋波を送ってくるだろうに」

「俺、妻子いるから」

「なんと、女か、女と結婚したのか」

「普通そうだろ」

「この俺にことわりもなく」

「なんでリウンと同じこと言うんだよ」

そんなことは言った覚えがない。いや……あっただろうか。裏雲は首を傾げた。

「まあいい。あとで子供たちを占ってやろう」

「いや、いいって。おまえの占い怖いわ。国に戻れば、虎に喰われるかもしれないとか、穴に落ちかけるとか」

「あれは君を止めたくて言ったのだが、もしかして当たったのか。我ながら神にも等しい予言の力、怖くなる」

パールシは自分を抱きしめた。

「それなら占い師殿、誰が皇子を殺そうとしたのか占ってくれないか」

それが一番簡単そうだと裏雲が口を出すと、パールシは首を振った。

「ゆうべやってみた。ところが、答えが出ない。おかしなものだ、ぴくりともアガスの葉が動かない」

なにやら葉っぱの動きで占うらしい。数枚の葉が台の上に置かれていた。

「真ん中にある葉がアヤン皇子だ。俺が祈禱《きとう》を捧げれば、動きがあるはずなのだが」

「パールシの占いはここぞってときに当たらなかったよな」

葉っぱを摑み、殿下は吐息を漏らした。

「占いでこの世が動いてはいけないという戒めだろう。人の姿をしている以上、神を超えてはならない」

なにやらもっともらしいことを言った。

「だが、耳よりな話もある。君たちの役にたってくれるかもしれない人を教えてやろう。ここより東に、もう少し小綺麗《こぎれい》な下宿屋がある。異邦屋とも呼ばれているほど異邦人が多い。そこに山界人がいる。名はカシュウ。この者、学者として宮殿への出入りを許されているという。皇帝の甥《おい》、イシュヌとともに古代史などを学んでいて、毒殺未遂のおきた宴にも参加を許されていたらしい」

おお、と殿下が声を上げた。

「そいつは使えそうだな。パールシの紹介だって言えばいいか？」

「いや、俺の名前は出さないほうがいいだろう。占いでぼったくった。真面目な山界人はちょろくてな」

なるほど、こういう者たちとつるみながら間男でヒモのろくでなしが出来上がっていったのかと裏雲は大いに納得した。

「覚えているか、ヒガ」

パールシはヴィーナと呼ばれる弦楽器を手にすると、旋律を奏でた。歌を口ずさむ。その声は人のものとも思えぬほどの艶を帯びていた。

神が踏み固めた地、マニワカの大河、友と海に出た……そんな歌詞だった。あの大きな河を下りながら聴けば、どれほどか胸に染みるだろう。

「ああ、おまえの歌は最高だ」

「また来るといい。ヒガはお気に入りだ」

二人は抱き合った。それは絵のようにも見えて、一瞬裏雲は目が眩《くら》んだ。

そこを出て次の場所へ向かう。

こちらも三十近い男だ。いちいち二人の関係を邪推したりなどしない。裏雲は努めて平常心であろうとした。

「パールシがいなければ俺は生きてなかった。俺にはそんな奴らがいっぱいいる。もちろん裏雲も那兪《なゆ》もそうだ」

「自伝でも書くか？」

天令まで登場するなら、さぞ幻想的で華やかな一冊になるだろう。

「そういうの趣味じゃねえよ。おまえも俺の伝記とか、書かなくていいから」

白翼仙は長寿。殿下を失ったあとはそれをよすがにしようかと思っていたが、釘《くぎ》を刺された。

「天下無類の英雄伝だ、殿下が書かないというなら、私以外誰がそれを記す？」

「だから記さなくていいんだって。あ、ほら、あそこだろう。ここにも山界人は意外にいるもんだな」

話題を変えたかったか、殿下は遠くを指さした。

「山界人か……、ここでは我らが奇妙な呼ばれ方をするのだな」

四方を完璧に山に囲まれた世界。あの地が外界から守られたのか、あの地から外界が守られたのか。ただの地形の問題なのであろうが、興味深い。

「別のところなら〈蛮族の檻《おり》〉なんて言ってる奴らもいるさ。未知のものの扱いはそんなもん。俺たちは異邦人だ。そういうのも楽しもうぜ。入るぞ」

さすがに雑魚寝している連中はいなかった。入り口に管理人らしき女がいる。おそらくそれなりに身分のある異邦人のための宿舎らしい。

「山界人かい？　ここの住人じゃないなら入っちゃ困るよ」

「訪ねて来たんだ。カシュウさんはいるかい？」

「あの人なら出かけているよ。そろそろ帰る頃じゃないかね」

「ありがとう。じゃ、カシュウさんは元気なんだな」

「真面目な人さ、学問がしたくて死ぬ気であんな山越えてきたんだから。あんたたちもそうかい？」

「いやいや、俺たちは商売だよ。なあ、これなんかどうだい、山界の峰で採れる霊験あらたかな特別な翡翠《ひすい》でさ、安くしておくよ」

懐からじゃらりと数珠を取り出した。

「外で待とう、行くぞ」

いきなりいんちき商売を始めた殿下をひっぱり、外に出す。

「そんなもの、持ってきていたのか」

「壺《つぼ》なんかに比べれば荷物にならないし、路銀に困ったときにはちょうどいいんだよ。それに胡散臭《うさんくさ》い旅の商人って思わせておけば誤魔化しがきく」

ここで身につけた生きる悪知恵は殿下の中で消えることはないのだろう。今更それを嘆いてもどうにもならない。

「宮殿が近いからな。出入り学者にはちょうどいい住まいかもな。皇帝の甥と親しいなら、うまくいけば入り込める」

「考えが甘くはないか。私たちは胡散臭い商人なのだろう？」

同じ山界人というだけでうちとけて協力してくれるなど考えにくい。ことは皇子毒殺未遂という公にできない事件なのだ。

（人誑《ひとたら》しには自信がある殿下と私といえど……）

そんな話をしているうちに、向こうから山界人とおぼしき大柄な男が歩いてくるのが見えた。連れがいて、手には書物を抱えている。

「カシュウさんか」

突然、見ず知らずの男に尋ねられたからか、男は目を丸くしていた。

「あ……はい、カシュウですが」

「突然失礼します。どこかでお話しできないでしょうか」

裏雲は丁寧に申し出た。

しかし、嘉周《かしゅう》は息を呑み、じっと殿下の顔を見つめている。これはまずいのではないかと思ったが、遅かった。

「ジュハク殿下ではありませんか、こんなところでお会いできるなんてっ」

嘉周は大きな体で地べたにひれ伏した。何がおきたのかと周りの者が驚いてこちらに目を向ける。嘉周の連れの男など目を白黒させている。

「私は越の官吏でございました。王宮が屍蛾《しが》と翼竜に襲われたあのとき、ジュハク様に救っていただいたこと、忘れてはおりません。あの勇姿、何年たとうとも——ああ、申し訳ありません。マニの言葉はご存じありませんでしたか」

マニの言葉で冷や汗が噴き出るようなことを言う。急いで止めようとしたとき、すぐさま殿下がその場に跪《ひざまず》いた。

「我らマニの言葉に不自由はありません。ですが、お静かに。確かにこちらにおわすお方は寿白様その人。ですが殿下はお忍びの旅なのです。ああ、私は殿下の従者兼通訳の飛牙と申します。いいですね、寿白は私ではなくこちら。二度と間違えてはいけません」

嘉周の手を強く摑むと、天下四国の言葉でそう言った。

(こ……この間男！)

ねえ寿白様、とこちらを見上げ微笑んだ。

ぬけぬけと人を寿白ということにするや、嘉周を立ち上がらせる。とりあえず、殿下の圧力に屈したようだ。

「あ……はい……わかりました。そういうことでございますね。ええっと……飛牙様で、はい」

嘉周はそれでひとまず納得したようだが、現地の者と思われる連れの男はそうはいかない。最初に〈ジュハク〉という名前が出てしまったのだから。

「待ってくれ、カシュウ。ジュハクとは、あの山界の英雄のことか」

役人らしい髭《ひげ》の男が泡を喰ったように詰め寄っていた。

「ええっと、そうです……私も驚いていて」

嘉周は声を小さく、と友人に囁いた。これでは街の者に筒抜けだ。

「カシュウ殿のご友人ですか。ええ、こちらがジュハク様です。ですが、できればご内密に。殿下は気ままな遊学中ですので。ですよね、殿下」

殿下に〈ジュハク〉と紹介され、裏雲は渋々肯いた。

「ここでは旅の者ゆえ、内密に頼み申す」

言い争うわけにもいかず、そう言うしかない。

「噂に違《たが》わぬ見目麗しさ。なんという聡明な眼差し。お目にかかれて光栄の至りです。私は宮殿で書物の管理などをしております者で、カルムと申します。お見知りおきを。カシュウに会いにいらしたのでしたね。私は遠慮しておきましょう、どうぞ、積もる話を」

カルムは饒舌《じょうぜつ》な男だった。気を利かせてさしあげますと言いたげに、その場を去っていった。

残された嘉周は緊張で固まっている。

「突然悪いな。部屋にあの友だちを招いたんだろ。だが、今日は俺たちと話してくれ。頼む」

殿下は四国の言葉で頼み、深々と頭を下げた。

「はい……では、私の部屋でもよろしいでしょうか、粗末なところで寿白様には失礼かと思いますが」

「そのほうがありがたい。くれぐれも俺は飛牙。そっちの怜悧《れいり》な優男が寿白殿下。間違えるなよ、そこ大事だからな」

がしっと肩を組むと下宿屋へと入っていった。

五

嘉周はずいぶんと言葉を選んで話してくれた。

宮殿に出入りする異邦人が内情を暴露することには当然躊躇《ためら》いがあった。かといって相手は祖国の英雄寿白殿下、答えないわけにもいかない。彼にすれば、光栄を通り越して迷惑な話だろう。

ましてダーシャ妃を助けたいなどと。

裏雲は的確な質問をしながら嘉周の話を引き出すことに努めた。

骨肉の争いを制し、二十一年前皇帝となったムハンマはなかなかの野心家だったという。長年の宿敵、西のバランヤ王国の攻略に力を注いだらしい。

バランヤは実質諸国連合ともいうべき国で内部から崩しやすい。そのため、皇帝は寝返りを促す工作を繰り返した。しかし、時のバランヤ王が堅実な人格者で人望があったことからその企てはうまくいかず、国境での戦いに終始し、大戦に至ることもなかった。

ムハンマは皇后との間に二人の子がいる。兄のアヤンと妹のリーディだ。本来、子は多いに越したことはない。だが自身の経験からムハンマは複数の皇子がいることのほうに不安があった。

幸いアヤンは健康で優秀だった。少々、内にこもる性格でもあったが、武人の才があり、軍の指揮をとらせても申し分なかった。

これなら甥のイシュヌに足をすくわれることはないだろう。イシュヌには剣を持たせなかった。生涯をひっそり学僧で終わらせる。縁戚にあたるいくつかの土侯も油断はできない。王朝交代は世の常——ムハンマは誰も信じなかった。力だけを信じていた。

皇后が病で死んでもしばらくは新しい妻を娶ろうとはしなかった。この頃はアヤンという跡継ぎに不満がなかったのだ。夜伽《よとぎ》の女はいたが、公妾という扱いにはしていない。

そんなムハンマの考え方がぐらつき始めたのは四年前。

アヤン皇子の妻サイラが死んでからだった。アヤンは部屋に閉じ籠もるようになり、表に出ることを避け始めた。サイラは塔から身を投げての自害だったが、その裏には死に追い詰められた事情があったらしい。詳細までは嘉周も知らなかった。

アヤンの変化がムハンマに不安を覚えさせたのだろう。もう一人、息子が必要だと再婚を決意するに至った。

迎えられたのがシュバンシカだった。名門武家の未亡人で、評判の美女であった。なにより経産婦である。

しかし、肝心のムハンマが体調を崩した。血の巡りが悪く、怒りっぽくなり、頭痛に苛まれる。心労や年齢的なものもあっただろう。

同時にアヤンにも新しい妃を迎えようとしたが、本人に拒否されうまくいかずにいた。去年ようやく再婚させたが、三月と持たず二番目の妻ユクタが城から逃げて死んだ。夫婦はうまくいっておらず、妻は異国に逃げようとしたところを殺されたという。

王は息子の気持ちなど委細かまわず、すぐさま三人目の妻を用意した。それがクワール族族長の娘ダーシャである。

そして今に至る。

「正直、ダーシャ様はよくて一生幽閉なのではないかと思います。皇帝陛下が審議を開けば、すぐにでも斬首か毒杯を呑まされるかでしょう」

嘉周は申し訳なさそうに言った。

「嘉周殿はその宴にいたと聞きました。様子はいかがでした」

「なんといいますか、寝そべって酒を呑んだり、半裸の婦人が踊っていたりとずいぶん砕けた宴席だと思いました。越は武人の国、堅い国柄なので、尚更《なおさら》。ダーシャ様はアヤン様のそばにいることが多かったように思います。あまり夫婦仲がよいようには見えませんでした。アヤン様のほうから離れていくようにすら見えたくらいで。私も初めてのことで緊張してまして……何人かの方に山界の話を訊《き》かれて受け答えするので精一杯で、あまり覚えていないのです。あ、この件に関しては箝口令《かんこうれい》が敷かれておりまして、どうか私から聞いたことは」

「ああ、わかった。せっかくここまで来たんだものな」

越国の下級官吏だった嘉周は王太后瑞英《ずいえい》の許しを得て、南異境に遊学したのだという。越は現在少年王里郎《りろう》が玉座にあるが、旅立ちの頃は里郎の叔父に当たる余暉《よき》が王だった。余暉は当初の予定どおり三年だけ繫《つな》ぎの王を務め、嬉しそうに田舎へ帰っていった。今では元王様の薬草学者として尊敬されている。

瑞英は未だ意気軒昂《いきけんこう》で、次代を担う者たちの育成に力を注いでいる。その一環としての嘉周の遊学だったらしい。

「四年前ここに来ました。私しか希望者がいなかったのです……南羽山脈を越えるのはあまりに無謀ですから。私はこのとおり体だけは丈夫で許しが出ました。案内人はつけてもらいましたが、ここまで来るのに何度も死にかけました」

苦笑しながら袖をめくり左腕を見せた。かなり傷跡が残っている。

「久しぶりに四国の言葉を話しました。祖国の言語だというのに、人は使わないと忘れるものですね」

「俺もこの国の言葉忘れてたわ、世の中にはいろんな言葉があるもんだよな。こんなもん覚えきれるわけがねえ」

「寿白殿下は庚に国を奪われたのち味方を失い、南異境で名を隠し、一人修行の旅を続けていたのですよね。山に三年、海に三年。臥薪嘗胆《がしんしょうたん》鍛錬を重ね、その甲斐《かい》あって少年王は立派な武人となって戻ってきた。その話を瑞英様より伺い、私は感涙にむせびました。なんとしても南異境に行かねばと、かたく誓ったのです」

瑞英王太后も豪快に話を盛ったらしい。嘉周は騙《だま》されたようなものだ。親戚だからなのか、殿下と瑞英王太后は大雑把なところがよく似ている。

（まあ、私も殿下の英雄譚《たん》を脚色はしたが……）

殿下は申し訳なさそうに頭を掻《か》いた。

「あ……そりゃすまん。そんな格好良い話ではないんだが」

「いいえ、今度は異国の少年の願いを聞き入れ、再び南羽山脈を越えてきたなどと、私はまたも感涙にむせびそうです。世界を股にかけた英雄なのですね。その志の高さはまさしく天の申し子。私にできることがあれば協力させてください」

嘉周はひれ伏した。

「そしてそちらは裏雲様なのではないでしょうか。庚を内側から崩し、徐国再興に尽力なさった忠臣の中の忠臣、その後は天に選ばれ白翼仙にまで上りつめた天才。殿下と裏雲様がおいでになったのであれば、近年のマニの憂えも必ずや晴れることでしょう」

かつて黒翼仙《こくよくせん》だったことは知られていない。瑞英や亘筧《こうけん》の思い入れなのか、裏雲の伝説もいいように美しく飾られていた。

央湖《おうこ》に隠棲《いんせい》する、天令にも匹敵するであろう美貌の白翼仙、それが裏雲だった。

「そのためにもダーシャ妃の濡《ぬ》れ衣《ぎぬ》を晴らさなければならない。それでいて、異国の問題におおっぴらに介入はできない。嘉周殿、あなたが必要です」

裏雲は包み込むように嘉周の手を取った。こちらを過大評価する者を手玉にとるのは慣れたものだった。案の定、うっとり裏雲を見上げている。

「それでは宴にいた方々のことを教えてください。まずは皇帝陛下です。陛下に我が子を殺す理由は？」

とんでもない、と嘉周は首を振った。

「ありえません。たった一人の皇子なのです。火急の事態であればリーディ皇女を一時的に据えることもあるかもしれませんが、そうなればバランヤ王国が好機と見るのは必定。リーディ様の夫君は陛下の遠縁ですから、そのまま系譜が変わることになるでしょう。そんなことを皇帝陛下が望むわけがない。かといって暗殺させた兄の子であるイシュヌ様を皇位につかせるのは避けたいはずです」

もっともな話だった。

「皇后陛下はどうです？」

「それも考えにくいでしょう。シュバンシカ様にとってはどのみち自分の子ではありません。皇帝陛下との間に子ができませんでしたから。これからもおそらくないでしょう。陛下はお体の具合がよくないうえに六十近いのです。アヤン様の前に御子ができたのですが、死産でした。どこの国も子が成人まで育つのは大変なものです。うちも五人兄弟で残ったのは私と姉だけでした」

そんな気持ちがあったから、殿下の父君許毘王《きょびおう》ももう一人子供がほしいと考えたのかもしれない。かくして殿下に腹違いの弟ができた。

「シュバンシカ様はお綺麗で穏やかな方のようです。これといってどこかの土侯とつながりがある話も聞きません。シュバンシカ様にとっては誰が世継ぎでも変わらないのではないかと思います。ただお話もしたことがありませんので、お心までは」

「それでは妹姫とその夫はいかがです？」

「リーディ様はさほどアヤン様と親しいようには見えません。国政への考え方も違うようです。私が男だったら、とよくおっしゃっていたと聞きます。自分が男だったら父のように兄を押しのけてでも、という歯痒《はがゆ》い気持ちの表れだったのかもしれません。カビア様は皇女を妻にしたことで一気に宮廷内の力を強めました。ご夫妻には三歳になるお嬢様がいらっしゃる。だからといって、義兄を亡き者にしようとまで思うものなのか」

それればかりは胸の内。誰がどこまで企《たくら》んだかはわからない。

「皇帝に殺された兄の子にも継承権はありますね」

「確かにイシュヌ様はアヤン様に次ぐ継承権を持っています。しかし、イシュヌ様に限ってそのような」

「親しいのですか」

「はい、お世話になっています。学僧としていっさい政治にも軍事にも関わっていません。無欲で学んでいらっしゃる姿には頭が下がります」

「それは皇帝に対して、自身が無害であることを訴えるためではありませんか」

嘉周は考え込んだ。

「それもあるでしょう。難しいお立場の方ですから」

「皇位への野心がないとは言い切れないということですね。そして父親を殺した叔父への憎悪もあったでしょう」

「……そういうものを振り切るためにも、学問に打ち込んでいらっしゃるのかもしれません。本音を明かさず生きてこられた方でしょうから」

皇帝を殺せば、皇位は問題なくアヤンに行く。だから、皇帝が生きているうちにアヤンを亡き者にしておく。その流れを思えば、イシュヌにはもっとも動機がある。

「玉座か……そんなにいいもんかね」

それまで黙って聞いていた飛牙が呟いた。

「何が言いたい？」

「そこまで欲しがるほどいいもんじゃないってことよ」

「殿下はそうだろう。だが、他の者はそうでもない。まして相手が皇帝になることで自分の地位や命が脅かされるとなれば」

越の王子二人も骨肉の争いをしていた。本人たちだけの問題ではないからだ。自分に尽くし、信じてくれた者を捨てることはできない。

「ええ……この国は皇帝陛下自身が兄君を暗殺させたわけですから」

「それは間違いない事実か」

「そう言われています。陛下は否定しなかったそうですし」

「極秘裏に暗殺を請け負った者がいたわけだ」

殿下はうんざりしたようだった。

「皇帝になれば動かせる私兵もいるでしょうから……おそらく」

「有力土侯はアヤン皇子についているのですか」

「皇帝陛下は容赦ない方で処刑の上に領地没収も少なくなかったと聞きます。陛下への恐れのほうが大きいので、おいそれとイシュヌ様やカビア様につくなどはできないように思います。特にイシュヌ様は権力のある方の接近を警戒してます」

　嘉周はそのあたりのことをよく理解しているようだった。

「ダーシャの部屋から毒が見つかっているんだろ。ダーシャに敵はいなかったか？」

　殿下に訊かれ、嘉周は逡巡《しゅんじゅん》した。

「……わかりません。はっきり言ってアヤン様の三番目の妃になったのは貧乏くじに近く、そのお立場を羨む者もいなかったかと」

「するとダーシャを嵌《は》めるための企みじゃあないんだな。単に自分に疑いをかけられないようにするためか。前の二人の嫁さんが何故死んだのか、わかるか？」

「それはさっぱりです。訊けるようなことでもなくて。私が宮殿に出入りを許されるようになる前に最初の奥方様は亡くなっています。二人目の方は驚きました……てっきり旅先で不慮の事故にあったのかと。葬儀もひっそりとしたもので。さらに驚いたのはずいぶん早く三人目の奥方様を連れてこられて。あれではダーシャ妃にいい印象も持たれないかもしれません。かといって敵などというのは」

これには殿下も考え込む。

「妃殿下ともなれば一族も名門なのではありませんか」

「最初の奥方様は宰相のご令嬢だと聞いています。皇帝陛下の信頼も厚かったと……ご令嬢の死去後、宰相は自害なされ一族は離散されたと」

これはもうかなり怪しい話だ。

「で、二人目の妃殿下が死んだあと、そっちの一族も亡命か」

「それは存じませんでした」

「近年の亡命者の増加はそういうことだろう。事情を話したがらず、何もわかっていないが」

「そんなことが……そのうえ旧知の少年が助けを求めて逃げてきたとなれば、英雄殿下が動くわけですね」

嘉周は殿下を尊敬の念で見つめる。

「で、だ。俺たちは宮殿を自由に出入りしたい。世話になっているというイシュヌに会えないか」

「ええっ」

嘉周はたじろいだ。協力したいと言いながら、こういうことになるとは予想していなかったらしい。

「内密のほうがいいでしょう。山界の英雄殿下が来たとなれば国と国の問題になりかねない」

困り果てていた嘉周だったが、仕方なく肯く。

「ではイシュヌ様に話してみます。それからどこか外で会うことに——」

嘉周を遮るように大勢が階段を上ってくる音が聞こえてくる。

「開けてください。こちらに山界の貴人がいらしているとか」

三人はぎょっとして扉に目をやった。

「いえ、あ、その」

「カシュウ殿、隠されては困ります。こちらとしましても警護させていただかないと」

どうやら、嘉周の連れのカルムが速攻で宮殿に戻り話してしまったらしい。勝手に動き回られては都合が悪いとみえる。かくして山界の英雄とその従者は早々と宮殿入りすることとなった。

六

「山界の英雄？」

シュバンシカは聞き直した。他の国ならばまだわかるが、山界とは半ばお伽噺《とぎばなし》の世界。大山脈に囲まれた陸の孤島。

しかもこの国とは神も違う。〈天〉を崇める。こちらの考えでは天とは神々がおわす場所か、死後の行き先だろう。しかし、山界では天などという漠然としたものが信仰の対象なのだ。しかし、その天が守っているからこそ、天然の要塞を手に入れているというなら、信じたくもなる。

「はい、山界の英雄、ジュハク殿下とのことです。通訳を兼ねた従者を一人連れ、この地にやってきたとか」

そのため、こうやって侍女におめかしをさせられているということか。シュバンシカはいささか面倒な気分になっていた。

今はそれどころではないだろうに。

「わたくしも出なければだめかしら」

「陛下は美しい皇后陛下を紹介したいのでしょう」

そう、私は皇帝の装飾品。子もできる見込みがない今となってはそれしか価値はない。

極上の布を体に巻き、体の線をあらわに出す。額に耳に鼻にと飾りをつけられていった。

「その英雄のことを教えてくれる？」

「さきほどお目にかかりましたが、大変お綺麗な方です。男の方にそのような言い方をするのもどうかと思いますが」

「英雄が女のように美しいの？」

山界は知らないが、この国では逞しい男が尊ばれる。堂々たる体軀《たいく》に男らしい顔立ち、力強く主張する双眸《そうぼう》。それこそが男だ。かつてのムハンマ皇帝のように。

「男らしさより聡明さを感じるお方なのです」

「あなたが言うのならそうなのでしょうね」

この古株の侍女は人を見る目はある。だからこそ、若い皇后には心を許さない。

「非公式の謁見ということになりますので、貴賓室のほうでお待ちです」

向こうは元々お忍び、こちらは毒を盛られた皇子が体を動かすことも話すこともできずにいる。お互いの思惑が一致しているということだ。

「靴はそちらのほうがいいわ」

侍女が持ってきた靴を却下して、青地に金の靴を指した。せめて自分の履きたい靴を履く。

「さようで。では参りましょう」

こちらの扱いだけは心得ている侍女に苦笑いした。

「ねえ、ハウリカ。前の皇后陛下であられたディクシャ様ってどんな方だったの。あとで教えてね」

古株の侍女はそのときだけ嫌な顔をした。

貴賓室に行くとすでに皇帝と二人の山界人がいた。

「こちらが妻のシュバンシカだ。女は装うのに時間がかかるもの、失礼した」

皇帝が代わりに釈明した。シュバンシカは丁寧にお辞儀をする。

「シュバンシカと申します。遠路はるばる、さぞ難儀だったでしょう」

二人ともたいそう美男であったが、どちらが英雄殿下なのかは座る場所と着ているもので判断した。

「ジュハクです。言葉がたどたどしいのはお許しください。麗しき皇后陛下にお目にかかれ、光栄でございます。こちらは従者のヒガ」

「このような場に私まで置いていただき恐縮です」

従者も立ち上がって挨拶をした。隙のないジュハク殿下に比べ、人好きのする雰囲気のある男だった。

「ジュハク殿は山界だけでは飽き足らず、諸国漫遊の旅をなさっているらしい。しかし、これほどのご身分のあるお方を素通りさせるわけにはいかなくてな」

「ええ、是非友好を深めていただきたいですわ」

すでにいくらか会話をすすめていたらしい。シュバンシカは皇帝の装飾品としての立場に終始するつもりだった。自分たちとは違う顔立ち、肌の色。そんな美男二人を眺めているのは楽しかった。

「我々は粗末な格好をしておりましたが、皇帝陛下からこのような素晴らしい召し物を頂戴いたしました。感謝に堪えません」

淡泊な顔立ちの山界人にはこちらの衣装があまり似合うとは思えない。それでもこの二人は美神のようだった。

「お似合いですわ。こちらに泊まってくださるのでしょう？」

「そこまでご迷惑はかけられません。勝手に貴国に入ったことを許していただけただけでありがたいこと」

ジュハクは固辞した。

「何をおっしゃる。我が国では北の長尾根を越えてきた者を勇者と呼ぶ。あれを越えてくるなど、それだけで神の恩寵《おんちょう》に守られたということなのだから」

武人としても名を馳《は》せた皇帝は勇敢な男が好きだった。だがなにより、異国の王族に国の中を勝手にうろうろされたくないという気持ちが強かっただろう。正確な地図など作られても困る。

「今宵《こよい》は間に合いませんが、明日は歓迎の席をもうけます。どうか、この宮殿でゆっくりとお過ごしください」

シュバンシカは艶やかに微笑む。皇帝の客人を歓待するのも皇后の務め。陰鬱な空気が立ちこめていた宮殿にはこうした変化は悪くない。

「それではお言葉に甘えまして」

こうして最初の社交辞令は終わり、英雄殿下とその従者は一度部屋でくつろぐこととなった。宴の前の湯浴みの準備もさせている。

二人の山界人が去ると、皇帝はむっつりと呟く。

「こんなときに……」

腹の底では歓迎していないらしい。

「よろしいではありませんか。山界は我が国と敵対しておりません。そのような国と縁が繋がるのは望ましいこと」

「しかし今は時期が悪い」

「アヤン様ご夫妻は暑気あたりで臥《ふ》せていると申しておけばよいことでしょう。陛下にとっても気晴らしになるのではございませんか」

皇帝はふんと鼻を鳴らした。

「あれが山界の英雄か、思っていたのとはずいぶん違う。熊のような男かと思っていたが」

「洗練された切れ者という風情でしたね」

「ああいう男は面倒だ。早く帰ってもらったほうがよさそうだな」

皇帝は立ち上がった。なにもかも気に食わないという顔をしている。ここ数年は常に頭痛と不満に苛まれているのだ。ときどき、皇帝には兄の亡霊が見えているのではないかと思うことがある。怯えはしないが、何もないところを忌々しげに見つめている。

子供の頃は仲がよかったという兄弟は、皇位を争い殺し合った……

もちろん、直接手を下すようなことはなかっただろうが。

（この宮殿はきっと亡霊だらけ）

おそらくどの国の王宮もそうだろう。

「晩餐は赤い靴にするといい」

皇帝に注文をつけられた。さきほど侍女のハウリカが選んだのも赤い靴。それが皇帝の好みであることをハウリカは知り尽くしている。先の皇后付きの侍女だったのだから。

「ええ、そうしますわ」

今更不快に思うこともない。

シュバンシカが皇后でいるのは猜疑《さいぎ》心に満ちた宮廷劇を見届けるため。せっかく面白くなってきたのだ。飛び入りの山界人二人も役者として悪くない。

（それにしても……ヒガとは）

偶然なのか、聞いたことのある名だった。

思い出そうとすると胸が疼《うず》く。

第三章

一

暑季の中休みのようなすごしやすい日だった。

今宵《こよい》は大きな宴《うたげ》があると聞く。アヤン皇子があのようになってからすべてとりやめになっていたのに、それが開かれるということは何かあったのだろうか。

ダーシャは寝台でうずくまり、歌を口ずさんでいた。クワール族に伝わる古い恋の歌だった。

だが、ダーシャは恋を知らない。蕾《つぼみ》のまま嫁いで、蕾のまま死ぬのだろう。

村にいた頃が遠い夢のようだった。両親は……ラーヒズヤは……そればかり想《おも》い、頬を濡《ぬ》らす。

「ダーシャ様、お食事です」

ヴァニが食べ物を運んできてくれた。

涙を拭い、ダーシャは顔を上げた。今ではヴァニ以外の人を見ることがない。私から聞き出せることは何もないと判断したのか、もはや聞く必要もないのか。

「ご馳走《ちそう》でしょう、今宵は宴がありますものね。聞いてきましたよ、山界《さんかい》の英雄を歓迎してのものなんだそうです。ジュハク殿下と呼ばれていました。お忍びでいらしたところを見つかってしまったようですね。山賊の手に落ちた祖国を取り戻し、山界のすべての国の危機を救ったというお方。私もお目にかかりとうございます」

山界……ダーシャはうっすらと笑った。

ラーヒズヤがこっそり教えてくれたこと。

『ねえ、ダーシャ。山界のヒガって人を覚えている？』

『もちろんよ。面白い人だった』

『あの人が僕の父さんなんだって』

『ええ？　まさか、若すぎるわよ』

『でも、族長がそう言っているの、僕聞いたんだよ。最初に長尾根を越えてきたときクシイ母さんと仲良くなったんだって』

ラーヒズヤは大事な秘密を打ち明けた。

実際のところそれが本当なのかどうかはダーシャにはわからない。クシイ叔母さんは何も語らないまま、若くして流行病《はやりやまい》で死んでしまった。

それからラーヒズヤは弟になった。

父のことは族長と呼ぶ。身内であろうともそう呼ぶことになっている。母のことは母さんと呼んだ。それと区別するために亡くなった実母をクシイ母さんと言っていた。家族の負担にならないようにとよく働く子供だった。

あの頃は気づいていなかったけれど、幸せだったのだ。

「ダーシャ様……召し上がってください。体が弱ってしまいます」

ヴァニを心配させないために、ダーシャは食べ物を口に運んだ。

「大切な客人がいる間はなんの決定も処罰もありません。だから私ほっとしているんです。ずっといてくれればいいのにって」

「そうね……忌まわしいことはできないわね」

両親のほうも今は大丈夫ということだろう。

「私この間、シュバンシカ様にお礼を言ったんです。あの方が皇帝陛下を抑えてくださっていると聞いていたので。でも、なんだかつかみ所のない方です。優しいのか怖いのか」

「何か言われたの？」

ヴァニはおずおずと答えた。あなたの女主人は落ち込むか祈るかしかできないのか、他には？――そういうことを言われたらしい。ダーシャは吐息を漏らした。

「シュバンシカ様も結局冷たいのだと落胆しました。だって、ダーシャ様に何ができるでしょうか」

悔しそうにヴァニは拳を固くした。

シュバンシカに初めて会ったとき、ダーシャは何故《なぜ》だか恐ろしかった。あんなに美しくて優しそうなのに。目の奥が笑っていないと感じたからか。

皇帝はにこりともしない。辺境部族の娘が世継ぎの皇子の妻になったことに釈然としていなかったのだろう。もちろん皇帝が認めたからダーシャはアヤンの妻になったのだが。

夫に至っては指一本触れようとしない……ダーシャは孤独の淵《ふち》に追いやられた。宮殿にいるすべての者に嫌われ、蔑まれているような気がした。それでも教養や品格を身につけようと自分なりに頑張ってきたつもりだった。

シュバンシカは何かを知っているのかもしれない。

(私には罪がある)

もう死んでしまいたかった。

「ダーシャ様、お心が休まるなら大僧長様にいらしていただきましょうか」

アヤンとダーシャの縁組みを進めたのが大僧長だ。味方になってくれるとヴァニは思ったのだろう。

「あのお方は私を切り捨てようとしてるでしょう。来てはくれません」

「そんなこと……私、なんとかお願いしてみます」

ヴァニは食器を下げると、急いで獄を出ていった。

二

やっぱりこの国の建築物は素晴らしい。

曲線の使い方は人の技とも思えないほど精巧だった。皇帝が暮らす宮殿の見事なことといったら。

かつて六年もマニ帝国にいた飛牙《ひが》は都以外にも優れた建築物があることを知っている。南部には崖ぎりぎりに建った城もある。寺院の優雅さは競い合った賜《たまもの》だろう。宗教が平和の役にたっているのかは怪しいが、少なくとも芸術や音楽の発展にはこれ以上ないほど貢献しているはずだった。

神々が戦う絵が描かれた高い天井を眺めつつ、飛牙は昔のことを思い出す。

盗んで騙《だま》した。傭兵《ようへい》になったときは少なくない数を殺した。ここでも誉《ほ》められたことはしていない。だから殺されたとしてもなんの文句もなかった。身内一人いない男の命など木の葉ほどの価値もない。それがどれほど気楽だったことか。

一匹の獣になれた。

野垂れ死んでいい。

『馬鹿なことを考えるな』

疲れて満身創痍《そうい》で動けなくなったとき、体を引きずられた。戦場で大の字になるなど、いくら空が青くてもするものじゃないぞ、と笑われた。

傭兵隊を率いていた、そのときの大将だった。

『おまえは国に帰れ。未練タラタラのくせに人の国で死ぬな』

ずるずると引きずられながら叱られたものだ。

まだ若く、いい笑顔の男だった。バランヤとの国境線において、傭兵隊の司令官にされたのだから損な役回りだろう。

『私だって家に帰る。妻も子もいるんだ。おっとりして見えてわりと皮肉屋で飛びきり美人の妻と三つになる息子だ』

なら俺のことは置いていけよ、と答えたが断られた。

やらかして捕まって、傭兵になるならと放免されただけだった。こんなところに来たくて来たわけじゃないが、自分が自棄《やけ》をおこせばこの男も死ぬんだなというのはわかった。

一兵卒まで死なせたくないと孤軍奮闘している大将だ。ならばここで死ぬわけにはいかない。

『会うんだ……シュ……』

なんと言っただろうか、思い出せない。

大事な人の名前を言いかけたのだろう。

その後、飛牙は回復したが、部隊は全滅に近かった。その大将も虫の息。

どこの国の戦も簡単に人を殺す。

(俺も殺した)

負け戦にばかり縁があると苦笑いしたものだ。

客室の天井にまでこんな絵を描くのだから、人は戦が好きなのかもしれない。神々でさえも戦をするというなら、仕方がない。

八年ほど前のことを思い出して少し笑った。

「何故傭兵をした？」

裏雲《りうん》が振り返った。そういうのはうんざりしていたんじゃなかったのかと訊《き》きたいらしい。翼仙《よくせん》だからなのか、裏雲だからなのか、こちらが何を考えているのかたいていばれる。

「雇われるのに金以外何があるって言いたいところだが、捕まったんだよ。数年の牢《ろう》獄《ごく》か短期の傭兵か選べってことさ。で、バランヤ国境の戦役に行った。四国《しこく》に帰る半年くらい前だったかな」

「よく生きていたな」

「死んでもいいんだから、楽なもんだろ」

裏雲が眉間に皺《しわ》を寄せた。自分が知らない荒れた時期の〈殿下〉のことは聞きたいような聞きたくないような複雑な想いがあるとみえる。

「実際、死にかけた。そのときの上役ができた男で引きずってまで俺も助けてくれた」

「まったく悪趣味な天井だ。あんなものが描かれていては夢見が悪くなる」

裏雲は天井を睨《にら》み付《つ》けた。裏雲には裏雲で思い出したくないことも多いのだ。

「肋《あばら》を何本か折ったんだよな。それで一旦、戦線離脱してて寝てたら、パールシが歌ってくれて――」

「あの男も傭兵をしていたのか」

「そういうことはしない奴《やつ》だよ。ただ戦地に行く前に俺が死にそうになったら夢の中で歌ってやるって言ってたから、そんな夢を見たのかもな」

夢の中でパールシが歌い、最後はきらめきの曲線になって消えた。目覚めたら案外元気だった。

「部隊はおおかたやられちまった。辛《かろ》うじて息があった大将を背負ってなんとかその場は離れたけど……戦ってのは人の気持ちを変えるもんだな。生まれた国に帰らなきゃいけないような気がしてきた」

天井では勝った神が負けた神の首を掲げて、勝ちどきをあげていた。

「寝るな、皺になる」

裏雲に注意され、飛牙は渋々体を起こした。この国の礼服まで借り受けているのだから、確かに汚すわけにはいかない。光沢のある紺地に、同色の刺繡《ししゅう》。かなり高級なもののようだが、飛牙のほうは従者の装い。

「俺のは英雄殿下の衣装ほど立派じゃない」

にやりと言うと、たちまち裏雲は不機嫌になった。

「暑い季節に、このターバンは必要なのか」

「暑いからこそ必要なのさ。乾燥や日差しから守るために」

「だが、宴席は屋内だ」

「この国の男はほとんど髪を切らない。だから長いのを丸めて隠しておく。それが身だしなみなんだよ。まあ、庶民はその辺も適当だが」

裏雲の頭に巻かれたターバンもまた立派なものだった。着ている衣装は艶《あで》やかな白地に銀の刺繡。ここでは土侯の花婿がこんな格好をする。

「まんまと私に自分の役を押しつけたな」

「是非、英雄殿下を体験してみてくれ。俺は気ままな従者でいい」

笑いが止まらないが、ここは裏雲に気を遣っておく。

「俺より似合っている。寿白《じゅはく》殿下は宮殿でダーシャやアヤン皇子の情報を探ってくれ。こっちはただの従者だから動きやすいだろう。お互いうまくやろうぜ」

嫌な顔をされたが気にしない。裏雲のほうが〈殿下〉らしく見えるのは事実だ。

「俺はまずダーシャに会いたい。無事な顔が見たいんだよ」

「咎人《とがにん》と会うのは至難の業だ」

「難しいならアヤン皇子と会う」

「そっちも充分難しいだろう。それに皇子は意思の疎通ができる状態なのか」

会えばわかる、と答えると飛牙は窓から外を眺めた。

「ほら、ここからマニワカ大河が見える。全部片づけて、あの川を下ろう。東の海に出るんだ。四国に帰る前に少しくらいの観光はしてもいいだろうさ」

「二人でだな、あの怪しげな男はついてこないのだな？」

パールシのことだ。さっきも名前を出したからか、気にしているらしい。

「ああ……でも、船頭くらいはいるんじゃないか」

「それはかまわない」

船旅……海……、裏雲は悪くないと呟《つぶや》いた。どうやら機嫌を直してくれたようだ。

生活と死に密着しすぎて、水質はお世辞にもよくない。川の女神の名を持つ神聖な大河はさまざまな文明をもたらし、諸国が並び立った。マニ帝国に至るまで流域の争いは絶えなかった。

言語や宗教に違いのなかった天下《てんげ》の地より、遥《はる》かに混沌《こんとん》とした歴史を繰り返したであろう大地。その名を大河から貰《もら》った帝国。

「では、さっさと終わらせねば。ダーシャ妃の無実をはっきりさせればいいのだろう。他にやった者がいるということ。必ず見つけ出す」

やる気をみせる裏雲だが、ことはそう簡単でもない。ダーシャが濡《ぬ》れ衣《ぎぬ》を着せられたというなら、おそらくそれが多くの者にとって都合のいい解決だったからだ。その点を甘くみると最悪の事態を招くかもしれない。

ダーシャはもちろん、族長夫妻にもクワール族にも円満な形をもたらしたかった。ここは天下四国《てんげしこく》ではない。異邦の英雄が大鉈《おおなた》を振るっていいとは思わなかった。

(そういうのは裏雲のほうが得意なはずだが)

窓から大河を眺めほくそ笑む裏雲を見ていると、一抹の不安があった。もう心がそっちに行っている。

まもなく寿白殿下とその従者は晩餐《ばんさん》に招かれた。

その席には王族と宰相らがずらりと並んでいた。最初だけ円卓を囲み、あとは自由にという形式らしい。

皆を紹介してくれるのは宰相のウッダウラだった。アヤン皇子の最初の妻の父親が前宰相だったというのは聞いた。

その後任ということなら、豊かな髭《ひげ》を蓄えたウッダウラも利害関係にある人物だ。

「皇帝陛下と皇后陛下とはすでにお話もなされているのでしたね。それでは皇族の皆様を」

宰相は緊張しているように見えた。

「こちらはリーディ皇女とヌーイ土侯令息カビア様のご夫妻です」

皇女はなかなか美しいが、赤毛で顔の造作すべてが大きく、圧倒されるような迫力がある。夫のカビアは金色に近い髪をしていて、陽気な男に見えた。

「初めまして。遠路はるばるお疲れでしょう」

「英雄殿下のお噂《うわさ》はこの国にも届いておりました。どうぞ、よしなに」

皇女夫妻は白い歯を見せた。

「そしてこちらはイシュヌ殿下でございます。皇帝陛下の甥御《おいご》にあたられます。学僧として学術書の編纂《へんさん》などにも力を注いでくださっています」

皇帝に父親を殺されたというイシュヌはほっそりした男だった。軍事に携わっていないからだろう。

「民俗学的に山界ほど関心の高い国はありません。どうかご教授を」

嘉周《かしゅう》はこの男の下で学んでいる。灰色の髪と目を持つ学僧の姿は物静かな哲学者のようだった。

「大臣と土侯の皆様はあちらの円卓です。こちらは——」

次々と紹介されていったが、ターバンを巻いた髭面《ひげづら》の中年男たちは顔を覚えにくい。それでも裏雲はさすがの微笑《ほほえ》みで応対していく。

本来なら皇女の前にアヤン皇子とその妃殿下が紹介されるはずだった。そのことについては今のところ触れられていない。

給仕と警護は目立たないように宴席にいたが、侍女たちは参加していなかった。それは皇后の侍女も同じだった。呼ばれれば用事が果たせるように裏で待機はしているらしいが、宴には出てこないという。

飛牙は従者として出しゃばらず、〈寿白殿下〉の隣に座っていた。寿白はある程度の会話はできるが、込み入った話になると通訳も必要という設定になっている。実際は、裏雲はもう一人で充分だった。

末席の円卓には嘉周もいた。さぞ不安でいるのだろう。なにしろ、寿白と従者が入れ替わっていることを知っているのだから。露見したら異邦の客分とはいえ、命にかかわる。

心なし、皇后シュバンシカに見られているような気がしていた。

あの暗くて青い瞳、青みを帯びた黒髪。もし会ったことがあるなら決して忘れないだろう。だから昨日が初対面であったことは間違いない。

(俺が好みの男なのかもしれないな)

これでも人妻にはよくもてた。だからこそ、間男などという不名誉な誹《そし》りを受けたわけだが。

良《い》いほうに解釈して、飛牙は食事を堪能《たんのう》した。相変わらず辛《から》いものが多いが、ここは料理も美味《うま》い。

酒は強く、妙に甘い。

くつろいだ宴になると色っぽい女たちが踊り出す。弦楽器が掻《か》き鳴《な》らされた。それでも奥のほうには警備の男たちが散り、皆の様子を監視している。それも当然だろう。皇子は宴で毒を盛られた。

こうなると妙な動きはしづらい。

宴席を抜け出して、宮殿を歩き回ろうと思っていたが、慎重にことを運ぶ必要がある。

自由な歓談が始まると、寿白を演じる裏雲の周りに人が集まってきた。そちらは裏雲に任せればいい。飛牙がその場を少し離れると、イシュヌが話しかけてきた。

「ジュハク殿下の通訳の方でしたね」

「これはイシュヌ殿下。ヒガと申します。ジュハク様はご聡明《そうめい》ですから皇都まで来る間に言葉をあらかた覚えてしまいました。私はほとんど必要ありません」

第二皇位継承者イシュヌと話ができるのはありがたい。動機だけで見るなら、容疑者の筆頭だろう。

「我が国の言葉がそこまで簡単とは思いません。さすがはジュハク様ですね。しかしヒガ殿は以前我が国にいらしていたのですか」

「しがない案内人でしたから。私などはこの場にいられるような身分ではありません。恐縮です」

「ああ、こちらにも案内人がいるように、山界にもいるのでしたね。危険なお仕事でしょう」

「虎にもすっかり慣れました」

そんなたわいもない会話から始める。話をしつつ、人のいないほうへ誘導しあたりを確認した。

「ところで、世継ぎの皇子様はご不在ですか」

小声で囁《ささや》くとイシュヌは小さく息を吐いた。

「アヤン様とその妃殿下は少々体調がすぐれず、欠席させてもらっています」

「それは失礼しました。早いご快復を祈っております」

言葉に困ってか、少し間が空いた。

「カシュウとはお知り合いだったのですか」

「遊学中の者がいると聞きまして、好奇心が湧いたのです。しかし、そのあたりから殿下のことが知られてしまったのですから、いささか迂闊《うかつ》でした」

イシュヌは笑った。

「お忍びだったというのに失礼しました。しかし、知ってしまった以上こちらも何もしないわけにはいかず」

「もちろんです。私たちが浅慮でした。殿下はああ見えても冒険好きでして、私も苦労が絶えません」

裏雲には聞かせられないようなぼやきを漏らしてみる。

「そのようなお方ですから、山界をまとめ上げられたのでしょう」

「マニ帝国も落ち着いていらっしゃるとか」

「大きな戦は避けられています。これを維持できれば。ですが、維持に注視しすぎても敵に見くびられる。難しいものです。いえ……学僧風情が語ることではありませんったた。

政治にも軍事にも関わらない立ち位置にいるイシュヌにも思うところはあるようだでした。お忘れください」

「ええ、酒の席のことです。イシュヌ様は古代史がご専門なのですか」

「近代の歴史はしがらみがあって調べにくいのです。この帝国が生まれる遥か前なら問題はありません。先史以前の地層など面白いですよ。ですが、節操がないもので、なんにでも興味があるのです。数学も好きです。天文学も。星空を見ているとこちらが小さく思えて、逆に楽になります」

「わかります。一人で旅をしていると、星空だけが救いでした」

イシュヌと話しているとこちらまで知的な男にでもなったような気がしてくる。この国ではろくなことをしていなかったというのに。

「謙遜なさっていましたが、あなたはご身分のある方なのではありませんか」

「残念ながら。ですが、そのように思っていただけるなら光栄です。差し支えなければカシュウ殿に宮殿を案内してもらってもよろしいでしょうか。このような見事な建築物はもう見る機会がないでしょう」

「その役目は私でもよろしいですか。なんなら今、ご案内します」

思わぬ展開だった。英雄殿下ならともかく、こちらは従者だというのに。やはり、警戒心があるのかもしれない。

「抜け出してもよろしいのですか」

「私は面白みがない男で、こういう席は苦手なのですよ。それでも山界のお話なら是非聞きたいと思いまして」

「では、そうさせていただきます。イシュヌ様が一緒ならどこをふらふらしても注意されることはない」

許可証と一緒に歩くようなものだ。

イシュヌは警備をしている者に外の風に当たり酔い覚ましをしてくると告げた。警備兵はついていくと言ったが、イシュヌはここを守るようにと答えた。

こっそりと宴を抜け出した二人の男は廊下に出ると大きくのびをした。

「ふう。陛下は無礼講とは言いますが、やはりどこか気が抜けないものがありましてね。特に今は」

何かあったのですか、と訊いてみたかったがやめておいた。まだそこまで打ち解けられるような関係でもないだろう。

……特にイシュヌは微妙な立ち位置の男だ。

「皇帝陛下は威厳の塊のようなお方。くつろげと言われてもそうもいかないでしょう。わかります」

「ジュハク殿下にことわらなくてよかったのですか」

「殿下は人に囲まれていましたから、邪魔をしないほうがいいでしょう」

廊下は暗かったが、点々と灯《あか》りはつけられていた。昼とは違い、なんとも言えない不気味さがあった。だが、慣れたものだ。

宮殿の広い入り口部分には神々の絵が描かれていて、中にはかなり恐ろしげな神もいる。これを夜見るには気合がいるだろう。

「岩で胡座《あぐら》をかいているのは慈悲の神ムハンマ。これは嵐と荒野の女神リーディ、その隣は死者ですら踊らせる歌声の神パールシ、そっちの二つの横顔が描かれた神はイシュヌ、表で微笑み、裏で憤怒《ふんぬ》を見せています。多くの人が神の名を授かります。もちろんそればかりではありませんが。ああ、ご存じですよね、案内人なら」

「ええ、知り合いにもそんな〈神〉がいます」

烈帝が慈悲の神の名を持つなど、皮肉なことになる場合が多いとこの国の人間でも苦笑いする。それも神と人の距離が近いということだろう。階段を上り、二階へ上がった。

「怖くありませんか。夜の宮殿は大の男でも震え上がります」

「何かいるんですか？　城にはそんな言い伝えの一つや二つ必ずある」

「ああ、すすり泣く女とか城の主《ぬし》のような魔物ですか。そういうのは見たことはない。でも、血を流して廊下を這《は》ってくる男の姿は見たことがあります……あのときは凍りつきました」

　イシュヌは立ち止まり、薄ぐらい廊下の奥をじっと見つめていた。

「亡霊ですか」

「いえ……父です。私が幼いとき何者かに刺されました。駆けつけたときには事切れて。今でも夜の廊下の向こうに見えるような気がする」

　そこまで話すつもりはなかったのだろう、イシュヌははっとしたように顔を上げた。

「今のは聞かなかったことにしてください。こちら側はアヤン皇子ご夫妻の住まいです。うるさくしては申し訳ない。違う場所をご案内しますよ」

　イシュヌは踵《きびす》を返したが、飛牙は目を凝らした。廊下の奥に何かいる。

「……どうしましたか」

「人が倒れている」

　飛牙はすぐさま駆け出した。うつ伏せで倒れていた男を抱き上げる。

「しっかりしろ、医者を呼ぶから——イシュヌ様」

　イシュヌは蒼白《そうはく》な顔で立ち尽くしていたが、我に返って近づいてくると膝をついた。

「お静かに。この方はアヤン皇子です。このままお部屋に運びましょう。それから医者を呼びます」

飛牙は瞠目《どうもく》した。このやつれた男がアヤン皇子とは。確かに見るからに病人だった。元々は逞《たくま》しい男なのかもしれない。抱きかかえると軽くはなかった。

「運ぶよ、部屋は？」

うっかり粗野な言葉に戻っていたが、イシュヌは気にした様子もない。

「こちらです」

部屋の寝台に寝かせると、イシュヌは脈を調べた。呼吸はある。

「まさかここまで動けるようになっていたとは。必死で這ってきたのでしょう」

「誰もついていないのか」

「交代で看護人がつくことにはなっています。容態が安定していたので気が緩んだとみえますね」

飛牙はアヤンの手を握ってみた。

「気づいているか。声が聞こえているなら俺の手を握り返してくれ」

かすかな反応があった。だが、イシュヌには言わないでおく。

「イシュヌ様は医者を呼んできてください。私がついています」

「……わかりました。お願いします」

部屋からイシュヌが出ていくと、飛牙は思いがけない機会に小躍りした。難しいと

思っていたが、こうして皇子と二人になれた。警備は宴のほうに回っているのだろう。

「アヤン皇子、目を開けられるか」

ゆっくりと目蓋が開いた。暗い緑色の目をしている。

「あ……う……」

しっかりこちらを見ているが、うまく声が出せないようだった。

「俺は敵じゃない。山界から来て、今はここの客分だ。何か言いたいことがあって這ってきたんじゃないのか」

皇子はわずかに肯《うなず》いた。

「あんたは毒を飲んでこんなことになった。誰がやったかわかるか」

わずかに肯いたが、これでも精一杯らしい。

「ダーシャがやったのか」

皇子の目が見開かれた。どうやら首を横に振ることができないらしく、違うと目で訴えてくる。

「俺は山界から来たダーシャの知り合いだ。俺もダーシャを信じていいんだな」

皇子が肯いてくれたことに、まずはほっとする。

では誰が皇子に毒を盛ったのか、とりあえず片っ端から名前を挙げていけばいいだろうか。上のほうから言ってみる。

「ムハンマ皇帝か」

親子であろうと外せない。だが、アヤンは肯かなかった。

「シュバンシカ皇后？」

やはり肯かない。次にイシュヌの名を挙げてみようと思ったとき、扉が開けられた。イシュヌと医者らしき男が入ってくる。

「お待たせしました、皇子はいかがです？」

「声は出しても、言葉にならないってとこです」

そう答えて、何食わぬ顔で寝台から離れた。どれどれと医者が診察を始める。寝台から落ちたときに骨折でもしていないかと思ったようだ。

「手も動かせていなかったのに床に落ちるとは……囲いを付けるほうがいいかもしれません。元々丈夫なお方でよかった」

医者は安堵《あんど》して言う。下手なことになれば首が飛びかねないと思っているようだった。

「無理をしたということはアヤン様には会いたい方がいたのか、それとも伝えたいことでもあったのでしょうか」

飛牙の問いにイシュヌは考え込んだ。

「まさか。それなら医者の私の問いに反応してくれればよろしいのですよ」

医者はそう言ったが、アヤンにとってはそうではあるまい。ここの医者は皇帝らの息がかかっている。アヤンはもう諦めたように目を閉じていた。

「あとはお任せして戻りましょう。宴も終わる頃です」

イシュヌに促され、飛牙は皇子の部屋を出た。

もう少し時間があれば、皇子が疑っている人物の名が出てきたかもしれない。思いの外、イシュヌは早かった。

「しかし、ヒガ殿に見つけていただいて助かりました。案内人だけあって目が良いのですね」

「アヤン様はあそこまで重病だったのですか。どこがお悪いのでしょう」

何も知らない顔で問い返す。

「申し訳ない。私も迂闊なことは言えない身です。アヤン様も元々は明朗な方でしたが、最近では心を閉ざしていたようです」

「親しくなさっていましたか」

イシュヌは首を振った。

「私の父が生きている間は子供同士、遊ぶこともありました。ですが、あれからお互い距離を置いています。山界にいろいろあったように、この国も多くの思いが渦巻いています。ジュハク様のように英雄が颯爽《さっそう》と現れてほしいところですね」

「あそこの英雄伝説は眉唾です。そんなたいそうなものじゃない」

「おやおや、いいんですか。お付きの方がそんなことを言って」

「愚痴ですよ。内緒にしておいてください」

少しだけ弱みを見せ合うのも大人の知恵だ。二人の男は苦笑いしながら、宴に戻っていった。

三

「シュバンシカ皇后が従者飛牙のことを尋ねてきた」

心なしか、冷ややかな声がした。

「そうなのか、目が合うような気がしてたけど」

昨夜の宴のあと、裏雲は少々二日酔いになっているようだった。寝そべったまま、気持ちの悪そうな顔をしている。飲み慣れない酒ではあったが、珍しいこともあるものだ。

「まさか間男としての才能を皇后にまで使っていないだろうな」

「魅力的なご婦人だが、個人的に話したことはない。で、何を訊かれたんだよ」

三児の父となってもまだ間男呼ばわりされるのはいささか不本意ではある。

「ヒガというのはよくある名前なのかしら、と。私は他に知らないと答えておいた。殿下は前に何かして、悪名を轟《とどろ》かせたのか」

「あ……いや、たぶんそこまでじゃなかったと思う」

確かに覚えている者がいないとは限らない。事実、クワール族やパールシのように世話になった連中もいる。あまり考えずにヒガという名を使ったが、第三の名を用意したほうがよかっただろうか。

人が多く、広大な国だ。少し油断があったかもしれない。

「いろんな奴らと話したろう、何かめぼしいことは？」

すでに裏雲には昨夜アヤン皇子と会えたことは言ってある。二人きりになったときの内容も。宴の華となって動けなかった裏雲のほうの話は今聞いているところだった。

「殿下と違い、皇子やダーシャ妃のことは何も聞けなかった。皇帝は山界の軍事力に強い関心を示し、リーディ皇女は女王が統治する燕《えん》に興味津々だった。カビアの関心はその女王の王配がどれほど力を持っているのかということだな。わかりやすい男だ。四国との交易のことも話したかったようだが」

裏雲のことだからその辺はうまく答えていったのだろう。

「そして皇后は従者飛牙のこと以外に、こんなことを耳元で囁いた。国を奪い取った者たちへの復讐《ふくしゅう》はいかがでしたか。胸の内はすっきりなさいましたか。甘美だったでしょうか、ほろ苦かったでしょうか」

あの見目麗しい皇后がなかなかきついことを訊いたものだ。

「英雄殿下はなんて答えた？」

「複雑な味わいでした、と」

十年に及んだ裏雲の復讐はそうだっただろう。互いに生きていることがわかってさえいれば、招く必要がなかった惨劇もあった。

「あとは大長老会議の議長を務めているというバクシ土侯……名は……駄目だ、頭が痛くて思い出せない。ダーシャ妃の評定をするとなると、あの男の采配が鍵になるだろう。落ち着いた男に見えたが、公正かどうかまではわからない」

評定、審議……確かにダーシャに死をもたらすものだが、逆に考えればそこで無罪さえはっきりさせれば、自由の身にすることができる。

「大僧長とも話した。あの男は面倒な立場にあって苦労しているようだ。周りに人がいなければダーシャ妃のことを相談したかったのかもしれない。利害関係がない異邦の英雄の意見が欲しかったのだろうな。とにかくゆっくり滞在してくれ、なんならこのまま何年でも遊学なされては、と強く勧められた」

「それはダーシャ妃の処遇を棚上げしておくためだろうな。皇帝は異邦の英雄殿下に国の恥部を見せたくないってことか」

　裏雲は肯いた。

「すでに政治利用されているのだ、我々は」

「それなら大僧長に会わないとな。協力すると言って全部話させる。うまくいけばダーシャに会えるよう手を回してくれるだろう」

　皇都の寺院にいるはずだ。それにパールシとも会っておきたかった。

「待て、私も……」

「無理だろ、そのザマじゃ。それに山界の英雄が出歩くとなると、あいつらかなり護衛をつけるぞ」

　護衛というより実質監視だろう。パールシのいる裏通りは歩かせてもらえない。

「納得いかない。こんな体たらく」

　白翼仙《はくよくせん》は治癒力も高く、病気らしい病気もしない。とはいえ飲み慣れない異国の酒はさすがに効くものらしい。朝から寝台に横たわり、がんがんする頭と胃《い》の腑《ふ》のむかつきに耐えていた。

「大人しくしてな。俺、行くわ」

「看病する気はないのか」

「二日酔いならそのうち治るさ」

飛牙はさっさと宮殿を出た。従者とはいえ、あまり自由に振る舞うわけにもいかず、クワール族の女から買った目立たない服を着た。

裏雲の様子が気にならないわけではない。奴をあそこまで酔わせるには大樽《おおだる》が必要だ。だが、毒を盛られて気づかない男ではない。

街に出た飛牙は思い切り深呼吸をした。

汗に排泄物《はいせつ》、何かが腐れたような臭い。そこに混ざってくる果実の甘い香り。なにもかもがこの街だった。徐《じょ》国より強烈な、暑い国のかぐわしさだった。

皇都ヤグハーンの南側に鎮座するのはウルガンダ大寺院。そこがこの国の信仰の頂点とも言うべき場所。

どの神を最も信じるかは人それぞれだ。ここでは神も人に選ばれる。だが、恐ろしげな神もまた粗末にはできない。たいていの者はその辺の兼ね合いをうまくつけている。もちろん中には廃れてしまう神もいるが、それもまた栄枯盛衰なのだろう。

ウルガンダ大寺院はあらゆる神を網羅している。よそから来た神であってもここでは大勢の中の一柱。

信心する神によって食べてはいけない生き物、飲んではいけないお茶や酒、などがあるが、それは自分の責任で回避していく。信仰に他者を巻き込まないのが暗黙の決まりだった。

よって僧も自らの戒律で生きていく。苦行に明け暮れ苦行に死ぬもよし、性を繁栄の源と考え、実践に励むもよし。

どんな僧でも一度は目指すのがウルガンダ大寺院であった。広大な敷地《しきち》の中央には四角錐《しかくすい》の形状をした圧巻の建築物がそびえる。ただ石を積み上げただけではない。びっしりと神々の彫刻が施されている。

何十年か下手をすれば何百年か、途方もない歳月をかけて造られたものであることは間違いなかった。中には入ったことがないが、高僧のための贅沢《ぜいたく》な瞑想《めいそう》室だと聞く。

その周りには金色の寺院、青みがかった大理石のみで造られた塔などがいくつもあり、寺院群の様相を見せる。

皇帝の宮殿に勝るとも劣らぬ荘厳さは、神々とともに生きるこの地の人々の心意気なのかもしれない。天下の地にも寺院はあるが、佇《たたず》まいは比較的質素なものだった。ここでは寺院とは神の城でもある。

「来たね、ヒガ」

後ろから声がして、振り返るとパールシがいた。

「俺のことはなんでもわかるみたいだな」

「惚《ほ》れた相手のことは占いたくなるものだろう」

パールシの顔は見る者によって違うらしい。端整な美貌に見える者もいれば、今にも嚙《か》みつきそうな野卑な獣に見える者もいる。だが立ち姿の優雅さは誰もが認めるところだろう。

奇抜な格好だが、なんでもありのこの都にはよく溶け込んでいた。

「しかし不老の妙薬でも飲んだのか。本当に変わらないよな」

「君もだよ、ヒガ。まだ初々しさの残る少年の頃と同じだ。傷ついた魂に神秘の彫刻を施し、えぐられた傷さえも芸術に変えていこうとするその姿に、俺がどれほどそそられたことか」

裏雲が聞いたら柳眉を逆立てそうなことを言う。

「まあ、訪ねる手間がはぶけてよかった。俺はこれから大寺院に行く。大僧長に会いたいんだよ」

あの寺院群のどこにいるかわかれば忍び込んでもいいのだが、自分の部屋でじっとしているわけではないだろう。

「君の友人は山界の英雄殿下で、今まで宮殿にいたんだろう。いくらでも会えるんじゃないのかい」

「知っているのか」

「街の者ならたいていは」

嘉周のところから連れていかれたのは都の噂になっていたようだ。

「面倒な役職を友人に押しつけ、自由に行動するほうを選ぶとは君らしい」

「パールシには隠し事ができないな」

当たり前だろうと笑った。

「できれば英雄殿下の威光を使わず会えたほうがいい。なにか方法はあるか」

「寺院の者を皆殺しにするとか」

「ときどきそういう変なこと言うよな。現実的に頼む」

パールシは気取った格好で考え始めた。

「大寺院は一般に開放されているところが多い。そこで働く者なり僧なりを見つけ、伝言を頼み、どこかでこっそり会う」

「頼まれてくれるか？」

「俺が頼めば、たぶん」

ありがたい、どうやら知り合いがいるらしい。

「パールシはこの国の吉凶とか占うのか」

「そういうのはしない。大地のことは大地に。王のことは王に」

「じゃあなんで占い師しているんだよ」

「歌を唄い楽器を奏でても、たいしたお金にはならないから。人の世は容赦がなくてね。住むところまでお金をとる」

だったら山奥ででも暮らせばいいが、パールシは賑《にぎ》やかなところのほうを好む。

「大寺院はいつ見ても面白いよ。神のために人は素晴らしいものを作る。山界はどうだい」

「あそこはもっと空気みたいだよ。ま、どこにいても俺は不信心者だからな」

「気が合うね。俺もだ」

象の商隊と川へと死体を運ぶ葬列とすれ違った。

それがこの国の日常だった。

寺院群が見えてきて、その中央に神々の小山がある。石造りの楼門をくぐった先はまるで異界だ。それぞれ建てられた年代にもかなりの差があるのだろう。

想像力の賜か、それともかつてあらゆる神が闊歩《かっぽ》していたのか、何度見ても見事な彫刻だった。そこには生きた神々がいて、踊ったり性行為までしたりしている。

煩悩を振り払うか、煩悩とともにあるか、それを選ぶ自由をちゃんと神々は与えてくれている。そのくせ厳格な身分制度を尊ぶ宗派もある。この地にはあらゆる矛盾が当たり前のようにあった。

「あ、ほらおまえに似ている神様がいるぞ——パールシ？」

ちょっと目を離した隙にパールシは消えていた。

あんなに気ままに生きている男を飛牙は知らない。自分も裏雲も那兪《なゆ》も、いやいや四国の王座にある者たちだって、生まれついたしがらみからは逃れられなかった。その中で少しでも楽しむことを覚えていく。

パールシだけは何物にも縛られない。神や死でさえも彼に言うことをきかせることはできないだろう。

「こっちだよ」

塔の陰から顔を見せた友人のもとに駆けつける。

「首尾は？」

「上々。ここで待っていれば返事がくる——ああ、もう来たね」

ここの僧らしき男が走り寄ってきた。驚くほど早くことが進んでいる。

「大僧長様は現在そこで瞑想中ですが、今すぐお会いになるとおっしゃっています」

「ありがとう。あなたに祝福あれ」

パールシは僧の頬を軽く撫《な》で、笑顔で礼を言った。

瞑想のためだけにあるという中央の巨大な四角錐。神々に囲まれ、宇宙を感じるためにある。一般的に瞑想殿と呼ばれるそこで、大僧長はまさに瞑想していたらしい。

「誰に聞かれる心配もない。ちょうどいいな」

　大寺院は人が多い、観光客から参拝者までさまざまだった。

　扉の前に立ち、パールシが声をかけた。すると中から大僧長自ら戸を開けてくれた。宴で会ったふくよかな体格をした初老の男だった。長い帽子をかぶり、黄色の僧衣を纏《まと》っていた。

「これはこれはジュハク様のお付きの方ですね。拙僧も話したいことがございました。どうぞ、お入りください」

　丁寧に招かれた。気がつくとまたパールシがいない。これはもう二人で話せということだろう。

　神の小山の内部には灯りがあったが、それでも薄暗い。高い天井にも神々がいた。その中央に向かい合ってあぐらをかいた。

「ジュハク様があなたを内密によこしてくださったのですね」

「そんなとこです。長く大僧長を務められているとか」

「十六年ほどです。拙僧は田舎土侯の五男坊でしてね。僧籍に入るしかなかった。うちなどはあくどいこともした成り上がりですが。ですから陛下が皇位についたあとこの座につきました。中には拙僧よりよほど長い侍従や侍女などもいますよ。彼らのほうがよほど宮殿の内情には詳しいかと思います。皇后陛下付きのハウリカ、イシュヌ様付きの侍従ナナークなど、侮れない者が少なくない。中には武術を極めたのかと思うような女人もいたりしますからね。あれは確か……いやいや、昔話などしてはずれてしまいます。とにかく、ジュハク様とあなたを信頼して打ち明けさせていただきましょう」

「ダーシャ妃のことですか」

大僧長は息を呑《の》んだ。

「ああ、やはりわかっていらっしゃったのですか」

「皇子ご夫妻のことは口に出せない空気がありましたから。それに私は宴のとき、イシュヌ様と席を抜けだして倒れているアヤン様を見つけました」

「そのことは伺っています。アヤン様は思ったより回復しているようですね。話せればいいのですが」

「まだ呂律《ろれつ》が回らないようですが、信頼できない者の前で意思の疎通を見せることを恐れているのではありませんか」

「それは感じております。なんとかしてアヤン様からダーシャ様に罪がないことを語っていただかなければ。そのためにはいっそ大勢の前ではっきりさせる必要があるのかと考えます。つまり関係者を集めての裁きの場です」

「大僧長もダーシャ妃の無実を信じていらっしゃる」

髭を引っ張りながら大僧長が当然ですと答えた。

「ダーシャ様が自害したというならまだわかります。望んだ婚姻ではありませんし、アヤン様は未《いま》だ指一本触れていないとか。そのうえ、先の妃殿下たちの死……若い娘にはどれほど不安か。しかし、夫を死なせてどうしますか。クワールの存亡にかかわります。拙僧がどれほど苦労してアヤン様の妃《きさき》を用意したことか。もしものことがあれば拙僧とてクワールに申し訳がたたない」

「先の妃殿下二人の死の真相をお聞かせ願えますか」

そこにとんでもない陰謀が隠されていると思われていた。箝口令《かんこうれい》を敷き、二人の妃の一族までもが離散亡命をよぎなくされている。

「そこまで話してしまえばジュハク様もあとに退《ひ》けなくなります」

「俺たちはダーシャを救うために来たんだよ。遊学でもなんでもない。大山脈を越えて、半ば死にかけていた十五の餓鬼を救ってくれたのがクワールの村だった。ダーシャを助けるためならなんでもするさ。あんたこそ協力してくれ。このとおりだ」

頭を下げる飛牙に、大僧長は目を瞠《みは》った。

「もしやあなたが……いいえ」

ジュハク殿下なのではありませんか、そう訊きたかったのだろうが、大僧長はそれ以上は問わなかった。

「知る限りのことをお話ししましょう。陰謀などという大袈裟《おおげさ》なことではありません。元々は疑心暗鬼からくる言葉の掛け違いのようなものだったのです」

大僧長は語りはじめた。

当時の宰相ガンディの次女サイラは才女として知られていたという。若くして法学を極め、帝王学にも関心があった。

マニ帝国では婦人に高い教養を求めないところがある。それどころか、女の子が多く生まれれば疎まれ、夫が死ねば妻に殉死を強要する風習が残る地域もまだある。サイラはこうしたものを少しずつ変えていきたいと考えていた。

当然よく思わない者もいた。

しかし、当時二十歳のアヤン皇子は才気煥発《かんぱつ》なサイラを好ましく思った。二人の間に恋慕の情が芽生え、結婚を望むようになったのは自然の成り行きであっただろう。

宰相の令嬢ともなれば、次期皇后として申し分ないと思われそうなものだが、そうでもない。宰相の子と皇子皇女との結婚は避けるというのが、暗黙の了解であったのだ。皇帝以外への権力の集中を恐れてのことで、先人の知恵でもある。

婚姻を成立させるには宰相が辞任するしかない。ガンディ宰相は誠実な仕事ぶりで知られ、皇帝ですら一目置く存在。

だが、若い二人の決意は固く、アヤンはサイラ以外とは結婚しないとまで言い出した。皇帝の男児はアヤン一人。独身を貫かれては一大事。結局、ガンディが宰相を辞任することで、決着をみた。

二人は結婚し、まるで同志のようによく話し合う夫婦となった。二人は理想と現実をすりあわせながら、より良き国の成り立ちを考えた。やがて頂点に立つ夫婦としては素晴らしいはずだが、不快に思う者は宮殿にもいた。

まず新宰相ウッダウラである。皇子はともかく、その妃にまでとやかく言われたくはない。夫妻は控え目な助言のつもりでも、宰相となって張り切っているウッダウラにしてみれば目の上のたんこぶ。ましてサイラ妃は前宰相の娘。

さらに宮殿における地位を上げたいと考えるリーディ皇女の夫カビアにとってもサイラ妃の存在は鼻につく。

学識の高いイシュヌからはサイラ妃も教えてもらうことも多かった。しかし、これもまた周囲の憶測を呼ぶ。イシュヌは危うい立ち位置にいる皇帝の甥。常に空気でいなければばならなかった。

とはいえもっともサイラ妃を好ましく思わなかったのは皇帝ムハンマその人であった。

たった一人の息子が妃の考え方に取り込まれていく。そのため父親に意見することも増えてきた。

意見の対立は皇帝の心に疑惑を育てていくことになる。

かつて兄弟に起きた考え方の違い。それはやがて憎しみへと変わり、殺さなければ殺されるという追い詰められた状況にまで至った。兄弟の父である皇帝が急死すると一気に内戦間近の様相となり、兄は暗殺された。

こうして皇帝となったムハンマにしてみれば、息子が父を殺すことなど、決してありえないことではない。

(あの女ならそれくらいそそのかしかねない)

ムハンマはそう考えた。

そうして五年。その間、サイラ妃が懐妊することはなかった。こうなってくるとますますサイラ妃の立場は悪くなる。

きな臭くなってきた頃、皇帝は病に苦しむようになった。強い倦怠感《けんたい》に偏頭痛、これといって原因がはっきりせず、呪詛《じゅそ》ではないかと噂されるようになった。

そしてサイラ妃が呪詛の儀式を行っているのを見たという者が複数現れるに至り、サイラ妃は自らの無実を訴え、塔から身を投げた。

この件は事故で片づけられ、何事もなかったかのように宮殿は日常を取り戻した。

前宰相は自害。その一族は追われ、離散し国外へと逃げたという。

そのうちムハンマが再婚した。息子に子ができないなら、自分にもう一人息子が生まれればいい。そうした考えからだった。出産の実績を持つ若い未亡人の中から選ぶことになり、美貌のシュバンシカが選ばれた。生まれた子は流行病で夭折《ようせつ》し、連れ子もいない。実家は没落士侯であったが家柄は申し分ない。後添いの皇后にはちょうどよかった。

その後、アヤンは頑《かたく》なに再婚を拒んだ。父と息子の関係は冷ややかなまま、互いに本音を語ることを自重していた。皇帝夫妻のほうにも一向に子ができる気配はなかったが、そちらは皇帝の体調が原因であろうと皆も察していた。

去年ついに皇帝は皇子に再婚を命じ、地方有力士侯の娘が選ばれた。二人目の妃となったユクタには許嫁《いいなずけ》がいたが、それを破棄させての婚姻であった。

アヤンは新しい妻にはいっさい手を出さなかったという。自由にはさせていたが、傍目《はため》にも不幸な結婚生活であった。アヤンの妻への仕打ちに周囲が心配し始めた矢先、事件がおこった。

ユクタ妃が許嫁だった男と駆け落ちしてしまったのだ。これには皇帝が激怒し、徹底した捜索の末、ユクタ妃と許嫁の男は死んだ。

両者の一族もまた国から逃げることとなり、その途中多くの者が命を落とした。

皇帝はすぐにも三人目の妻を用意するよう宰相と大僧長に命じた。しかし、二人の妻の無残な最期を知れば、娘を捧《ささ》げようという者がいなくなるのは道理。一族郎党にまで悲運が降り注ぐのだから。

本来ならば妃殿下になるような身分ではない者にまで選択肢を広げ、ようやくクワール族族長の娘を擁立することができた。若く美しく控え目な性格、許嫁などもいない。ユクタ妃が死んでからわずか三ヵ月後のことだった。

そしてダーシャ妃もまた……

「これが拙僧の知る事実です」

長い話を聞いて、飛牙は考え込んだ。

「つまりアヤン皇子は最初の妻を愛していた。そのためか二人目三人目には冷たかったということか」

「そうなのでしょう。恋に落ちて結婚というのは、身分のある者には難しいことですから」

「サイラ妃が呪詛というのは？」

「拙僧が思うに、皇帝陛下との関係が悪くならないことを神に祈っていたのではないかと思います。しかし、端から見るとその光景は陛下を呪っているようにも映ったのではないかと」

「心の中のことは証明できないもんな……気の毒に」

悪いほうへと転がっていく歯車を止めることは難しい。

「アヤン様はお嘆きでした。ユクタ妃、ダーシャ妃には冷たくしていたようですが、元々決して冷淡なお方ではありません」

「しかし、誰かが皇子の死を願った。お心当たりは？」

大僧長は首を縦に振るべきか横に振るべきか悩んだように見えた。

「いるといえばいます、少なからず。しかし、そこまでするかと思うところでもあります。あの宴席で毒が入ったならあの中にいた者でしょう。料理ではなくアヤン様の酒杯に途中から入っていたわけですから」

「皇子が自分で口にした。つまり死のうとしたという可能性はあるかな」

「だとすれば心ないことをしたものです。新妻が疑われるというのに。ダーシャ妃を避けていらっしゃいました。愛情が持てなかったのでしょうか」

皇子の人となりは知らないが、ダーシャを信じていいんだなと訊いたあのときアヤンは必死に肯いた。妻を陥れたとは思えない。

「あの宴のとき、俺は皇子に訊いた。肯くしかできなかったから、ダーシャが毒を盛ったのではないんだろうと尋ねた。きっぱり肯いたよ。少なくとも皇子は妻にやられたとは思っていない。同じように皇帝陛下と皇后陛下も訊いてみた。皇子はやはり否定した。それ以上は訊けなかったが」

「皇帝陛下は宴の間、席を立たれませんでした。皇子が倒れたとき駆け寄っただけです。近頃不仲だったとはいえ、たった一人の嫡男を手にかけるなどありえません。子のいないシュバンシカ様にアヤン様を狙う理由があるとも思えません」

「暗殺を請け負う直属の組織みたいなのはあったのか」

「戦においてならあるかもしれませんが、拙僧は存じません。無論、個人でならあるのでしょう。長老会議においても政敵同士そのようなこともあると聞きます。皇帝の兄君シュリア様は背中を刺され亡くなりました。抵抗のあともなかった。咎人は宮殿の中にいたのでしょうが、見つからずバランヤからの刺客ということで片づけられました」

ないことをあるとでっちあげて誰かを陥れることもあれば、あからさまな事実を皆で見て見ぬふりをすることもある。どこの国でもそれは同じらしい。

「話してくれてありがとう。何か思い出すことでもあったら教えてくれ」

そう言って、飛牙は瞑想の部屋を出た。

外は眩《まぶ》しく目が眩《くら》む。入れ替わるように誰か中に入ったようだが、世話係の僧だろうか。

思えば、あの中はずいぶんと涼しく感じた。寺院や神殿というのはそういうところがある。

パールシはもう帰ったのか、姿が見えない。動作はゆったりとしているが、見えないところでは素早い男だ。

人の多い大寺院はまるで迷路のようだ。老若男女があちらこちらで祈りを捧げている。真理を覚《さと》ることに貪欲で、祈りと瞑想で生死を超越し、無限に想いを広げる。俗物にして敬虔《けいけん》。飛牙はこの国の人々をそうとらえている。

裏雲のもとに戻るかと楼門をくぐりかけたとき、背後から絶叫が聞こえた。同時に大寺院にふさわしくない喧噪《けんそう》がおこる。

何かあったかと飛牙は騒ぎのほうに足を向けた。

瞑想殿に人が集まっているのを見て嫌な予感しかしなかった。押しのけて入って行くと、人が仰向けに倒れていた。顔が血塗《ちまみ》れで人相までわからないが、身につけている僧衣からしてさきほどまで話していた大僧長その人だ。

「大僧長様と会っていたのは、この男だ」

いきなり指さされ、飛牙はたじろいだ。何も悪いことはしていないはずだが、反射的に逃げそうになる。なんとか踏みとどまると、大人しく両腕を押さえつけられた。修行を重ねた僧たちの力は強い。

「おのれ、山界の蛮族か」

「俺は何もしてない。死んでいるのか」

「息はない、額を割られている」

「俺のあとに入った奴がいただろう。頭から茶色の僧衣をかぶった誰か」

こんなところで一番偉い僧を殺したなどという濡れ衣を着せられては天下四国の名に泥を塗ることになる。それどころか国と国の間に禍根を残す大問題だろう。

なんとか切り抜けなければならない。このままだとダーシャを助けるどころではない。頭を働かせていると大僧長の亡骸《なきがら》の上を蝶《ちょう》が舞い、一度その唇の上に留まった。

僧の一人が追い払おうとして動きを止める。

虫を追い払うまでもなく、亡骸がかすかに動いたことで蝶のほうが離れていったからだ。

「大僧長様は生きていらっしゃったのか……医者をっ」

僧は驚いたものの指示を飛ばした。

周りの者たちが大僧長を取り囲んだ。しっかりなさってください。すぐ手当てをいたします、と声をかける。

「よい……いいから聞け」

額を割られた男が声を出した。皆が奇跡だと打ち震える。

「その山界のお方は拙僧に何もしていない……この身に鉈を振るったのは……おっ……うう……」

口から血を吐き出し、再び動かなくなった。駆けつけた医者が急いで大僧長の脈を取る。

「……亡くなっています」

嘆き悲しむ僧もいたが、大半は奇跡を見せられ、呆然《ぼうぜん》としていた。

「さすが大僧長ともなると違う。濡れ衣は晴らしてくれたんだな」

飛牙は周りの者たちに確認をとった。何が起きたかはよくわからないが、ここはありがたく利用させてもらう。

「はい……失礼しました」

「急いで衛兵に連絡、ここにいる者を足止めして――おそらくもう逃げただろうが、一応な」

亡骸に手を合わせ、飛牙は頭を抱えた。

口を封じられたのだろう。大僧長を殺すという罰当たりを犯しても、隠したい何かがあったとみえる。

気がつけば蝶はもういなかった。

四

大僧長が都の大寺院で殺されたことはすぐさま宮殿にも報《しら》せが届いた。

この騒ぎに右往左往する人々の中にあって、シュバンシカはのんびりとお茶を口にしていた。

老いぼれが一人死んだだけ。シュバンシカには何も思うところはなかった。僧なれば死して尚《なお》、問答は続くのだろう。彼らは答えのない哲学に取り憑《つ》かれている。暑季には多くの人が死ぬ。焼かれる遺体の煙があちらこちらから上がり、民は死と暮らす。

「おまえはいつも変わらないな」

皇帝は苛立《いらだ》ちを見せていた。

大僧長とは権威そのもの。皇帝は権威への冒瀆《ぼうとく》がなにより許せないらしい。都に戒厳令が敷かれ、兵が総動員された。殺されたのが宮殿内であったなら、もっと内密に済ませたに違いない。

灰色の髭を引っ張り、不機嫌に歩き回っている皇帝を見ているとこの人もずいぶん老いたのだわとつくづく思う。妻となって三年ほどしかたっていないが、十も老けたように見えた。

「わたくしが苛々《いらいら》したところで好転することなどありません」

「アヤンの最初の妻が何かにつけ口を出してきたときには腹立たしかったが、おまえのように無関心なのも気に食わないものだな」

身勝手なことを言っているのは充分承知しているらしい。

「陛下の亡くなられた奥様はいかがでしたか」

「あれの関心はアヤンのことだけだった。長男を死産しただけに風邪をひいても大騒ぎ。戦地へ行くことになったときは毎日籠もって祈禱《きとう》を捧げていた」

リーディ皇女が兄に対し思うところがありそうなのはそのためかもしれない。親の愛情の差というのは尾を引くもの。

「それはそれは。愛する我が子を残して亡くなられたのは、断腸の思いだったことでしょう」

「ディクシャは熱に浮かされながら死ねないと最期まで譫言《うわごと》を言い続けていたな。息子が皇位につくところを見たかっただろう――そんなことはどうでもいい。アヤンが毒で死にかけ、大僧長が殺されたのだ。この国を私は護《まも》らねばならぬ。逆賊がいるというなら、死をもって贖《あがな》わせるのみ」

シュバンシカはくすりと笑った。

「兄を殺した男がよく言うとでも思っているのか。なんとでも勝手に思えばよい。人でなし呼ばわりにも慣れた。誰も彼もあてにはならん」

夫婦の居間を出ていった皇帝を見送り、シュバンシカはほっと息を吐いた。常に戦っているような男だ。何があったところで気は休まるまい。あれはあれで少し気の毒にも思う。

「ハウリカ、もう一杯お茶をいただけるかしら」

奥から皇后付きの侍女が現れた。ここで三十五年働いているという古参の侍女ハウリカは背の高い痩せた女で、宮殿のすべてを知り尽くしている。先の皇后が亡くなったあとは侍女頭として腕を振るっていたが、二人目の皇后付きとして戻ってきた。厳格な侍女は若い皇后の好き勝手は許さない。気ままなシュバンシカにとってはなかなかの難敵だった。

「お待ちください」

ハウリカの煎《い》れるお茶に間違いはない。香料の配合、お湯の温度、一杯分の茶葉の分量にもうるさいのだから。

「あなたは引退したいとは思わないの？　そろそろゆっくり過ごしていい頃でしょう」

ハウリカは皇后にお茶を差し出した。

「アヤン様がお元気になられたら考えたいと思います」

ハウリカは毎日見舞いをかかさない。

「寝台から自分で転がり落ちる程度には動けるのでしょう。まだお話はできないのかしら」

「お加減は日によって大きく違うようです。ただお話はまだ。ですが誰に毒を盛られたかなど、わかるものでしょうか」

確かにアヤンが当日のことをどこまで覚えているかは怪しい。

「ねえ、あなたは誰がアヤン様に毒を盛ったと思っているの」

年配の侍女に睨み付けられた。

「私が考えることではございません」

「あら、でもあなたはこの宮殿の生き字引。気づいていてもおかしくないでしょう」

「それならばご誕生からここにいらっしゃる皇帝陛下にお尋ねしたほうがよろしいのではありませんか」

それもそうね、とシュバンシカも認めた。夫は六十年ここで生きてきたのだ。

「でも陛下は出しゃばる女がお嫌いだから」

「ええ、さようで」

「ディクシャ皇后陛下もご苦労なさっていた？」

「はい。陰ながらご心配なさっていました」

帝国を護る皇帝としてはムハンマは優秀であったかもしれない。だが、夫や父親としては最低だっただろう。ディクシャも夫への愛は早々に諦め、アヤンにかかりきりになったのではないか。

最初の子を亡くしているなら当然だろう。

「二人の子供を育てたのはあなただという人もいるわね」

「お手伝いはさせていただきました。最初のお子様を亡くされていますから、心配でならなかったのでしょう。そういえば、シュバンシカ様もお子様を亡くされたのでしたね」

「ええそう。丈夫な子だったけど、三つで死んだわ。あの年は悪い風邪が流行《はや》っていて……無慈悲な神につれていかれた。ディクシャ様がアヤン様を案じたお気持ちはよくわかります」

もう八年ほど前のことだ。こうやって誰かに話せるようになるまでには歳月が必要だった。

「……大僧長様のご葬儀のお召し物を用意しておきましょう」

「お任せします」

侍女が部屋を出て一人になると、シュバンシカは気怠《けだる》く椅子にもたれかかった。もう二度と愛する者に触れることもないけれど、幸い退屈だけはしなくて済みそうだった。

山界の二人組まで現れて、役者は揃《そろ》った。面白い舞台が観《み》られるだろう。

窓の向こうにかすかに見える遠い塔に目をやった。そこにはダーシャがいる。大僧長の死の一報は囚《とら》われの妃にも届いただろうか。後ろ盾を亡くしたことは彼女にとって大きな痛手に違いない。

この宮殿は誰も幸せにしない。する必要もないのに、戦場より陰険な殺し合いをしてきた。

(それならみんな死んでしまえばいい)

シュバンシカはふと死んだ夫を想った。

『手柄をたてて、君と息子を楽にするよ』

馬鹿な人……綺麗《きれい》な思い出だけ残していなくなってしまうなんて。


「……なんだと」

怒ると怖い綺麗な顔をして、裏雲は睨み付けてきた。

大僧長殺害に関する話をしただけだが、下手をすれば疑いをかけられて捕まっていたかもしれないという事実に怒りを見せたのだ。

「いや、ほら、俺はちゃんと無事だから」

「そんなものは運がよかっただけであろう。ここは皇子の妃ですら殺す国だ、異国の者の命など虫けら同然。まして、英雄殿下の案内人では躊躇《ためら》う必要もない」

確かに今は裏雲が寿白殿下。飛牙のほうは従者だ。

「しかし……大僧長が一時的に息を吹き返し、殿下の無実を伝えてまた死ぬ。そんな馬鹿げた話があるのか」

「死んでなかったんじゃないか。坊さんたちは大僧長様がおこした奇跡だと感服していたけど」

当然ながら裏雲は納得しなかった。

「信仰心は奇跡など生まぬ。あるとすれば呪術だ」

「死人を生き返らせる呪術があるのか」

「生き返らせるわけではない。死人から聞き出すだけだ。その男があなたを殺したのか、違うのであれば誰だ、と。私もその術は知らないが」

さすがの元黒翼仙《こくよくせん》も異境の術までは習得していないらしい。

「誰にやられたかは言えなかったぞ。その前に呻《うめ》いて事切れた」

「名前も知らない相手か、僧衣で顔を覆っていてよくわからなかったか、そんなところかもしれないな。術者にとっておそらく殿下を救うほうが優先されたのだろう」

「もしかしてパールシだと思ってるのか？」

「それしかいない。誰がどう見ても怪しげな奴だ。案外、彼が大僧長を殺したのではないか」

裏雲は言い切った。怪しげでなんらかの術を使えたとしても不思議ではない。そこは認めるが、パールシが大僧長殺しの犯人などというのは冗談でも言われたくなかった。

「なんでパールシがそんなことするんだよ」

「誰かの刺客なのではないか。アヤン皇子に毒を盛るのは術で操られた者であるかもしれない。それならば給仕でも衛兵でもいいわけだ」

二つの事件は同一人物によるもの。裏雲はそう考えているらしい。

「パールシほどの世捨て人はいない。そんなことに関わるかよ」

「世捨て人とて生きていくには金がいる。ここで暮らした飛牙という少年もそうだったはずだ」

その点は否定しない。少年飛牙はなんでもやった。

「占いに演奏、歌い手。なんでもこなす男のようだがどれも本腰を入れている様子はなかった。そのわりに……高価な布を使った服を着ていた。身につけていた装飾品も安物には見えなかった」

「まあな。身につけるものにはこだわりがある」

気が向けば、派手に宴を開くこともあった。どこから湧いたのかわからないような奇妙な連中が集まっていて、酒と煙に酔いしれていた。

「大僧長は生かしておくには危険だった。殿下がわざわざ訪ねたのであれば尚更《なおさら》急がなければならない。そういうことだろう」

「そんな都合のいい術が使えるなら、死にぞこなったアヤンを仕留めることも可能じゃないのか」

「気づかないか。この宮殿にも呪術除《よ》けは張り巡らされている。どこの王族も恐れることは同じというわけだ」

気づくわけがない。飛牙にできる術は一つ。獣心掌握術のみ。

「俺も術使ってみるか。鳥にダーシャと繋《つな》ぎをとらせる」

思い立って飛牙は窓辺に立った。

手頃な鳩《はと》が飛んでいたので、さっそく手を伸ばす。あとは念を飛ばし、こちらへと招き寄せるだけ。天の加護がない地でも身につけた術は使える。こんな便利なものを継承させてくれた始祖王には感謝している。

鳩が近づいてきたとき、突然矢が射かけられた。射貫《いぬ》かれた鳩が落ちていく。

「どうだ、私の腕は」

「ええ、カビアは弓だけはたいしたものよ」

下を見るとリーディ皇女と弓矢を持ったその夫がいた。

「この宮殿は庭で鳥を狩ることが認められているらしい。私もカビアに誘われた」

裏雲は鼻で笑っていた。

「初めて聞いた」

「下手に手紙をつけて鳥を飛ばさないほうが無難だろうな」

確かに読まれるとまずいことになる。寿白殿下はその名を知らしめる評判と身分によってここにいる。信頼を損なうことはできない。ある意味ダーシャ同様に籠の鳥なのだから。

「虫に文はつけられないか……いい伝手《つて》はないかな。こんなとき、宇春《うしゅん》がいてくれたらなあ」

飛牙は憮然《ぶぜん》と腕を組んだ。

「ついていきたいと言ってはいたが、暗魅《あんみ》が大山脈を越えられるかどうかは知らないので置いてきた」

「こっちの魔物は手懐けられないか？」

「魔物を探しに行けと？」

確かにこの状況でそれは無理だ。

「ジュハク様、よろしいでしょうか」

扉の向こうから声がした。この声は嘉周だろう。宮殿内ではこの国の言葉以外話さないようにしている。あらぬ疑いを招かないよう、飛牙と裏雲も二人だけの部屋以外では四国の言葉は使わない。

飛牙が扉を開けると、嘉周の後ろに若い女がいた。衣装の色からして誰かの侍女だろう。

「すみません、今はこのあたりに衛兵はいません。気をつけてきました。お話があって……入れてもらえますか」

この女も入れろということらしい。何か事情があるのだろう。周辺には人気がなかった。衛兵の一部が大僧長殺しの件に動員されているらしい。

「いいよ、そちらのお嬢ちゃんも」

すぐに中に入れた。もし咎《とが》められたら、同郷の者同士話したいことがあったとでも言っておけばなんとかなる。この女は嘉周が結婚を考えている相手だとでも言ってしまえばいい。

「ありがとうございます。こちらのご婦人からどうしてもと頼まれまして。お二人の目的にも適《かな》うかと思います」

「私はヴァニと申します。ダーシャ様付きの侍女です」

鳩の代わりに侍女がきた。飛牙は思わず破顔した。

「ほんとか、そりゃありがたい」

「あの……？」

「いいから座ってくれ。ダーシャと連絡がとれないかなって思っていたんだよ」

嬉々《きき》として迎えた〈従者〉を窘《たしな》めるように〈英雄殿下〉が横目で睨む。

「いきなり信用するつもりか、我が従者よ」

「するする——で、ダーシャは元気か」

「はい、あの……ご存じなのですか」

あまりに気さくな物言いに、ヴァニのほうが不安になってきたようだった。くるくるとした大きな目に戸惑いの色が見える。

「クワール族の族長の娘だろ。俺は長尾根の案内人でね、ダーシャとは会ったことがある。話を聞いて心配してたのさ」

ああ、とヴァニは安堵した。それなら知り合いでも不思議ではない。

「よかった。こんなことを異国の方にお頼みするのは筋違いだとわかってはいたのですが、ダーシャ様をご存じだったのですね」

ヴァニは緊張が緩んで目を潤ませていた。

「話を聞いてもいいよな、ジュハク様」

一応〈主人〉をたてておく。

「ヴァニとやら、用件はなんだ」

裏雲はそれらしく応対する。二人の入れ替わりを知っている嘉周は、少々混乱していた。

「はい、お助けいただきたいのです。頼みの大僧長様があのようなことになられてダーシャ様にはお味方がいません。どうかお力添えいただけないでしょうか」

嘉周は肯いた。

「ダーシャ様のことであるならば利害は一致するのではないかと、お連れしました。イシュヌ様には内緒ですが」

嘉周には迷惑をかけてしまうが、協力してもらえるのはありがたかった。

「力添えと言われても、ここは我らにとって異国。内政に口出しなどできない」

「申し訳ありません、ジュハク様。せめてアヤン様が回復なされるまでここに留《とど》まっていただきたいのです。アヤン様が証言できればきっと」

若いヴァニは必死だった。主人に忠実な、良き侍女に見える。

「アヤン皇子は毒を盛られた。それが誰によるか、本人が断言できるものかどうか。夫婦仲はあまりよくなかったのではないか」

それを言われるとヴァニも困惑する。アヤンの回復に望みをかけているだけであって叶《かな》えられるとは限らない。

(確かにアヤンは否定したが、それがどこまで信じられるか。記憶が混濁していると医者か皇帝が言い切ってしまえばそれまでだろうな)

飛牙は黙って裏雲に追及させておくことにした。

「仲が悪かったわけではありません。良くもなかっただけで。私が思うに、アヤン様はお疲れになっていたのです。前の奥方様二人のことがあって、関わるのが怖かったのです」

ヴァニの言い分は理解できる。新妻に心を閉ざすには充分な理由だ。

「しかしアヤン皇子は二人目の妻に辛《つら》く当たっていたという証言があるが。妻が男と逃げたのもそのためでは？」

大僧長から聞いた話なので表向きそう見えていたことは間違いないだろう。

「私は最初の奥方様のことは存じ上げませんが、前の奥方様のことは覚えております。侍女としてはまだ見習いのようなものであまり話したこともありませんでした。アヤン様はユクタ様に、話しかけるな、そばに寄るなと拒絶していました。決して暴力をふるったりはしませんでしたが。それも最初の奥方様のことがあったためかと思います。愛しても冷たくしても不幸なことになる。そもそもアヤン様は再婚したくなかったのです」

嘉周は初めて聞く話ばかりだったようで、侍女の隣で驚いていた。

「ですからダーシャ様が嫁がれたときはほとんど話したりもしませんでした。義務として寝室を訪れても、朝まで本を読んでいるだけのようです。ダーシャ様は打ち解けようと努力なさいましたが」

「皇帝陛下はご自分に子ができないのであれば、アヤン様に嫡男を望むはず。回復すればしたで、おそらく四人目の妻を用意するかと思う。そうなれば邪魔なのは疑惑の妻。陛下にとっては審議院が終わらせてくれるというならそれが一番いいだろう」

裏雲に容赦ないことを言われ、ヴァニは泣き出した。

「それではダーシャ様は……そんな」

「あ、あ、どうか泣かないで」

嘉周が慌てて慰めるようにヴァニの肩を抱いた。

「ジュハク様は現実的な男でね、人に希望を持たせるのが好きじゃないんだ。俺はアヤン皇子と会った。肯くしかできなかったから、ダーシャを信じていいんだなと訊いた。皇子は肯いた。あのときのアヤン皇子の眼差《まなざ》しは自信がある目だと感じた。回復さえすれば皇子はダーシャではないことを証明できるのかもしれない。俺はそう思っている」

飛牙がそう言うとヴァニは顔を上げた。

「アヤン様がそう思ってくださっている。それを知ればダーシャ様もお喜びでしょう」

涙を拭うヴァニを励ますように嘉周は笑いかける。

「長尾根のドクゼリに関して調べました。マニではよく使われる毒ですね。微量であれば強心剤として用いられることもある。医者ならたいてい持っていて、手に入れやすいものです。誰の物などという特定はできない。ドクゼリの効果の個人差は大きく、同じ量でも亡くなる人もいれば数ヵ月後に動けるようになる人もいる、そんな毒です。酒に盛られる量はたかがしれている。少しずつ治っているのであればアヤン様はもっと回復なされます」

「ありがとうございます、カシュウ様」

見つめ合った二人を見て、裏雲はうんざりと吐息を漏らした。

「ダーシャ妃は皇子に元気になってもらいたいのか」

「もちろんです」

ヴァニがすぐに答えたが、裏雲は納得できないように首を振った。

「自分が助かりたいからではなく、皇子を大切に想う気持ちからかと尋ねている。泣く以外できない者に興味はない」

これにはヴァニもあっけにとられた。

「……シュバンシカ様みたいなことをおっしゃるのですね」

ヴァニは嘉周に送られ、部屋を出た。

二人きりに戻ると、今度は飛牙が鼻で笑った。

「あの皇后もたいした女のようだな、海千山千を極めた翼仙と同じことを言うとは」

裏雲は遠慮なく飛牙の耳を引っ張った。

「万《よろず》相談所みたいになっている殿下が気に入らない。天下でもそうだ。結局引き受けてしまう。それがいいことか。永遠に面倒みてやれるわけではない。駕《が》の始祖王のしたことと何が違う」

それを言われると飛牙も弱い。駕国の始祖王は考えようによっては究極の面倒見の良さを発揮したことになるのだろう。

「まあな」

「ラーヒズヤという子供も、殿下の息子ではあるまい。はっきり否定しなかったのはここに来る理由を強固にするためだ」

「……なんでもお見通しで」

「甜湘《てんしょう》女王の子供たちと違ってラーヒズヤには血が見せる面影一つない。私にわからないと思ったか」

そんなふうに思っていたのかと驚く。うちの子たちにはよそよそしいのが裏雲だ。

「こと末っ子でただ一人の王子、恭慶《きょうけい》は殿下に似すぎていて手に負えない。殿下を失った私が求めたらどうする」

話がずれてきたが、飛牙は考え込んだ。

「そうだな、女王国の王子は自由だから恭慶がいいと言うなら——」

「私には殿下しかいない」

真顔で言われるとちゃかすこともできない。言った本人も恥ずかしかったのか黙りこくる。三十近い男が二人でする会話ではない。

「え……俺にも裏雲しかいないよ」

「嘘《うそ》をつけ」

かぶせるように怒鳴られた。日頃冷静沈着と思われている白翼仙裏雲は寿白殿下には遠慮も何もない。

「まず落ち着こう。確かにラーヒズヤは俺の子じゃない。俺が南羽山脈《なんう》のこっち側にたどり着いたときにはクシイはもう身籠もっていた。周りはまだ気づいてなかっただけで」

「そんなことだと思った。十五の頃なら少年の時分の清廉さも残っていたはずだ」

今は一欠片《かけら》も残っていないかのように言う。

「クシイは俺の前に山界から来た男と好き合ったんだ。そいつはマニ帝国から海に出るつもりだったらしい。クシイは俺にだけ打ち明けてくれたよ。男は二年で戻ると言ったが、三年たっても戻ってこないうちにクシイのほうが病気で死んでしまった。どうなったかわからない。遊びだったのか、それとも帰るつもりはあったが海で死んだかもしれねえな」

　裏雲は長く息を吐いた。

「馬鹿はどこにでもいる」

「でも、クシイたちによくしてもらったのは事実だ。俺は痩せこけてまともに歩くこともままならなくなって、本当に世話になった」

「受けた恩は大山脈を越えても百倍返しか。無駄に律儀なことだな。ではアヤン皇子の毒殺未遂と大僧長殺し、さっさとけりをつけるとしよう」

　話がそっちに戻って飛牙はほっとした。裏雲ほど怒らせると怖い者はいない。

「気になるのがあのあとアヤンが狙われていないということだ。俺が会った晩のように、アヤンが一人になる隙はあったはずだろ。本気で殺す気がないのかもしれない」

「殺す必要がなくなっただけではないか。完全に元どおりになるのは難しい毒ならば。生殖能力を奪えば事足りるのかもしれない」

「そうなればイシュヌだが、イシュヌも生涯独身でいなければならない身。皇帝がアヤンを諦めない限り、結婚の許可は出ない。あのとおりの頑固親父《おやじ》顔だ、意地でもイシュヌを認めないかもしれねえ」

「次の選択肢はリーディ皇女だ。なかなか気が強そうだし、本人や夫もやる気はありそうだ。だが、結果としてヌーイ土侯の系統になり、王朝交代ということになる。皇帝はそれも嫌だろう」

我《わ》が儘《まま》な話だ。国が滅ぶことに比べたらたいしたことではないだろうに。飛牙にすれば贅沢な悩みにしか思えなかった。

「今は病室の前に衛兵をつけている。シュバンシカ皇后の侍女も気にかけて頻繁に見舞っているらしい。皇后の侍女ってのは前の皇后から仕えていた古株で、皇子にとっては乳母みたいなものなんだとか」

「ではシュバンシカ皇后と会ってみることにしよう。はっきり言って、信用できない女だ。あの女が先妻の子に毒を盛ったとしても私は驚かない」

飛牙は目を丸くした。その魅力で権力の座についた女は一度は疑ってみて間違いはないのかもしれないが。

「そこまで思うのか」

「庚《こう》の後宮にいた私と同じような目をしている。まして似たようなことまで言っているのであれば、どんなことでもする女だ」

暗魅を使い、庚王に毒を盛り続けた男が言うのだからきっと当たっているのだろう。シュバンシカに会わなければならない。

五

国境などというものはあってなきがごときもの。

国土とは奪って広げていくものなのだから。それに比べると山界とはずいぶん平和的なところのように思える。

天が四つに分けて与えてくれたのだから、そこは簡単には曲げられないのだという。北の国はかなり寒いというからもちろんそれぞれに不満もあるのだろうけれど。

「そこまで介入する神というのも珍しいのではありませんの」

シュバンシカは疑問を口にした。

北西の国々には一つの神がでんと構え、異教徒を許さないとも言う。そのわりに何かしてくれるわけでもないらしい。おそらく山界のほうが異質なのだ。

「どうもその、神と天とは微妙に違いがあるようなのです。いずれにしろ神秘の国ですね。空を飛ぶ人もいるとか。行ってみたいものです」

イシュヌはお茶を口にしてほっと息を吐いた。可《か》哀《わい》想《そう》に気を遣うのだろう、皇后の相手は。アヤンの最初の妻もよくイシュヌに質問をしたという。結局、教養と好奇心からくる知識欲が彼女を殺すことになった。その不安もあってか、イシュヌは本気で教えようとはしなかった。

興味深いことですね、で終わってしまう。

そして二人きりにはならない。今も談話室ともいうべき、この部屋にはハウリカがいて、お茶の世話などをしてくれていた。先ほどまでカシュウという山界人もいたが、今は席を外している。

「シュバンシカ様のところで飲めるお茶は絶品ですね。いい香りだ」

イシュヌは心から言った。

「だからハウリカを手放したくないのよ。ところで、神と天の違いとは何かしら」

「神はたいてい人の姿をしています。天にはそういう形がないようですね。言うならば〈意思〉でしょうか。カシュウも説明が難しいようでした。英雄殿下なら何か知っているのではないかと思います。あの方は天に近い存在のようですから」

「まあ、本当に凄《すご》い方なのね。それであの氷人形のような美しさともなれば、さぞ民の畏敬を集めているのでしょう」

「以前カシュウに聞いた話では英雄殿下は気さくな方だとか。我々とは感じ方が違うのかもしれませんが。私も山界のお話をもっと聞きたいと思っておりました。ですので、あのお二人をこちらにお招きしたのです。今、カシュウがお連れします」

「それは嬉《うれ》しいわ」

綺麗な男たちほど心慰めるものはない。それに胡散臭《うさんくさ》いと思い合っている者同士の会話とは楽しいもの。

イシュヌにとっても皇后との歓談という名目があれば、ジュハクたちと会いやすいのだろう。なにしろ、皇帝はイシュヌを警戒している。シュバンシカには牙を抜かれた犬のようにしか見えないが、幼い頃から知っている皇帝には違う側面が見えているのかもしれない。

まもなく、カシュウが二人の男を連れてきた。

怜悧《れいり》で美貌のジュハクと軽い笑顔が惹《ひ》きつけるヒガ。陰と陽というか、水と火というのか、相反するような魅力を放つ二人が並ぶと、なるほどこの組み合わせこそ〈天〉とやらの好みなのではないかと思える。

シュバンシカは彼らを突《つつ》いてみたかった。きっと藪《やぶ》から蛇が出る。

「お招きいただきましてありがとうございます」

ジュハク殿下の涼やかな目元も緩んでいた。彼は傍らに従者がいるときのほうが機嫌がいい。

「私まで同席させていただいてよろしいのでしょうか」

従者のほうは一応遠慮してみせる。

「もちろんですわ。従者の方がいてくださるほうが殿下もくつろがれるでしょうから」

シュバンシカはとっておきの笑みを見せた。

最高のお茶を煎れるべく、ハウリカは部屋の隅へといった。こころなしハウリカも山界の二人に興味があるように見えて、ちらちらとこちらをうかがっていた。

「今、山界の宗教観について話していたところです。ご教授願いたい」

二人はイシュヌに笑顔を向けられた。

「たいして語ることはありませんね。どこの人も困ったときの神頼みです」

ジュハクはあっさりと言った。

「でも、そちらの天は本当に助けてくださる。天下四国建国の話は聞いています。大いに天が介入してきた」

「そういう話はあります。ただどこまで本気にしていいかは怪しいかと。神話というのはそんなものです」

責任ある立場としてなのか、ジュハクは深い話は避けていた。男たちというのは困ったものだ。いつも軽い打ち合いからはじめる。だから無駄に時間がかかる。アヤンの妻だったサイラ妃はおそらくじれたのだろう。

良いことならすぐ改めるべき、見習うべきものがあるならすぐ取り入れるべき――才気煥発な妃殿下はそう思っただけに違いない。だが、彼女が思うよりずっと、男とは面倒臭い。彼らは沽券《こけん》で生きている。

そんなことを思いながらシュバンシカはヒガに目をやった。この男はたぶん少し違う。

口にする前に、楽しそうにお茶の香りを嗅いでいた。

「ヒガ様もそう思いまして？　所詮は神話と」

「どうでしょうね。そのわりに天の使いの目撃例はけっこうあるんですよ。天令《てんれい》っていうんですが、これがまた可愛《かわい》らしくて憎たらしい。そんな連中です」

イシュヌは首を傾《かし》げた。

「カシュウは見たことがないと言ってましたが――そうだよね？」

カシュウに確認を取ると、見たことなんかありませんと断言した。

「奴は用があるときしか出ません。文句が言いたいときとか生活指導したいときとか、そんなとこです。カシュウ殿は立派なのでしょう」

「まるで……母親みたいですね」

どこまで本当なのかわからないようなことに、イシュヌは戸惑っていた。

「そうそう。お袋気質なんですよ、少なくとも俺が知っている天令は」

シュバンシカはクスクスと笑った。

「面白い方ですわね。きっと天にも愛されているのでしょう。ねえ、ヒガ様、少し込

み入った話をしてもよろしいかしら」

「なんなりと」

「わたくしは皇后になる前は未亡人でしたの。夫は武人で戦死しました。大怪我《おおけが》をした夫を運んできてくれた兵士がいて、家の者に主人を預けてすぐに戻りましたので会ってはいないのですが、主人はその人をヒガと呼んでいました。偶然かしら」

ヒガは頭を掻《か》いた。

「大将の奥方様でしたか。その節は……残念なことでした」

「ああ、やっぱりそうだったのね。あなたにはお礼もできなくて申し訳ありませんでした。わたくし、泣いてばかりいて世話になった方への気遣いもできませんでした」

「無理もありません。大将は辛うじて生きているような状態でした。奥方様に一目会いたいとおっしゃったので、俺がかついで戻りました」

「おかげで最期の話をすることができました。主人も感謝していました」

イシュヌは意外な話に驚いていた。

「あの、我が国で傭兵をされていたということですか」

「はい、訳ありで一度だけ雇われました。国境警備だと聞いていたのに、ひどい戦いでね。援軍も来てくれず、部隊の九割が戦死したものです」

「ワグハン峡谷の戦いですね……あれはひどかった。奇襲を受けて、撤退すら許されず……大きな戦に発展しかかりましたが、バランヤの王母が急死したこともあり、敵が撤退して終わりました」

イシュヌの言うとおり、夫は見捨てられた将となった。若かったシュバンシカは夫の亡骸にすがって泣くばかりで、他のことを何も考えられずに憔悴《しょうすい》していった。……我が子が熱を出していることにも気づかないほどに。

「なるほど」

とジュハクが目を光らせた。

「その部隊長の未亡人はさぞ皇帝陛下を恨んだのでしょうね」

イシュヌはぎょっとしたが、シュバンシカは傷ついた表情も見せなかった。

「大切な者を失う悲しみを皇帝に思い知らせたい、そんなことも思ったかもしれない」

さあどうだったかしら、とシュバンシカは笑った。

「武人が戦争で死ぬのは覚悟のうえです。もちろん、その家族も。ジュハク様が案じられるほど劇的なことはなかったかと思いますわ」

「そうですか。似た者同士かと思いましたもので失礼いたしました。私はずいぶん恨みましたから」

こちらこそなるほどと唸《うな》りたい気分だった。この男から感じたものは同類の匂いだったらしい。

「大将の奥方様にお目にかかれてよかった。大将は部下想いの立派な武人でした。俺はあのあと国に戻ることにしたんです。生きているうちにやらなきゃならないことがあるように思えたのかな」

恨《うら》み辛《つら》みの話題を終わらせるように、ヒガは割って入った。

「……そうでしたか」

何か知っているのかカシュウはしんみりと肯いた。

「わたくしたち縁があるようね。このことは陛下には内緒にしておかないと、お互い妙な疑いを招きかねないわ。そうでしょう？」

かつての傭兵はそこを認めて肯いた。

「陛下は籠もっていらっしゃるようですが、何をなさっておいでですか」

「ずっと長老会議と話し合っています。議題はダーシャ妃の処遇」

おそらく彼らはこれが一番聞きたかったのだろう。ヒガのほうが身を乗り出してきた。

「長老会議といっても別に老人会ではない。士侯や有力者の代表からなる議会でしたね。彼らはどうするつもりなのですか」

「議員らの考えはさまざまでしょう。妃殿下に毒を渡し、自害させたいと考えている者もいるようです」

　うーんとヒガは腕を組んだ。

「アヤン皇子の回復を待たずにですか」

「陛下は処刑には慎重です。ただご病気のせいかせっかちなんです。問題を棚上げにしておけない。こうなったからにはこの結婚も失敗だったとは思っているでしょう。皇子が元気になられたのならすぐに新しい妃を用意したいでしょうし」

「しかし、皇子のお気持ちは……」

「そんなこと考えるお方ではありません。そうですわよね、イシュヌ様」

　話を振られ、イシュヌは天井を仰いだ。

「なんといいますか……陛下も混乱なさっているのだと思います。ダーシャ妃が憎いわけではありません」

　イシュヌは言葉を選んだ。

「閉じ込められているダーシャ妃が大僧長の件に関わっていることはない。それだけは明白でしょう」

　ジュハクがそう言うと、イシュヌも認める。

「それはそうです。ですが陛下はそれとアヤン様のことはまったく別と考えているのかもしれません」

部屋の隅に立っていたハウリカは疲れたように額を押さえた。

「ハウリカ、戻っていいわよ」

「いいえ、そういうわけには」

「なら、そこに腰をおろしていなさい。あなたも疲れるでしょう」

「では座らせていただきます……歳《とし》はとりたくないものです」

侍女は皇后の気遣いをありがたく受けることにしてくれた。忠実なハウリカ、生涯独身でこの宮殿に仕えてきた。今年の暑季はことのほか堪《こた》えるようだ。

「ごめんなさい、話がそれてしまいましたわね。どうぞ」

ヒガは立ち上がると侍女に椅子を差し出した。

「俺ね、どうも不思議で。皇帝陛下と二人のお子さんの関係性が今ひとつ見えてこない。ハウリカさん、あなたはここではずいぶん長く働いてらっしゃるとか。そのあたから見て、皇帝陛下とアヤン皇子は不仲のように見えましたか？」

ハウリカは椅子にもたれ、思い出すようにうつむいた。

「大きな喧嘩《けんか》をしたところは見たことがありません。互いに少し遠慮なさっているような気がしました」

「そうね、破裂するのを恐れている感じでしょう」

ハウリカとシュバンシカに、イシュヌもまた肯く。

「そのとおりかと思います。私も含め、我々は危うい綱渡りをしている。陛下と私の父は激しく争ったかのように思われていますが、あれも綱渡りでした。なんとか二人とも綱から落ちないように努めていたのです」

イシュヌの説明をシュバンシカは静かに聞いていた。

憐《あわ》れな人たちだと常に思っていた。皇帝との間に子供ができていたら、と考えるとぞっとする。

「つまり、外側から見る限りは親子の建て前はできていた。心の内はわからないということですか」

「ジュハク様、そういうことにしておいてください。山界の国々なら王家ももっと温かなものなのかもしれませんが」

「最近の四国は落ち着いていますね。でも、酷《ひど》い歴史はありました」

「それは希望が持てます。良いときも来るというなら。ジュハク様はこの国を心配してくださっているのでしょうか」

「もし罪なき十六歳の妃殿下が処刑されるようなことになれば、痛ましい限りですから。それだけです。私どもが口を出すことではありませんが」

ジュハクはさりげなく牽制《けんせい》してきた。異国の人間がダーシャの処刑をどう思うか伝えてきたのだろう。野蛮だと思われるということを。

（……ダーシャの知り合いかもしれないわね）

ありえないことではない。ヒガのほうはこの国で傭兵をしていたほどだ。クワールの村を行き来していたかもしれない。それなら族長の娘を知っていてもおかしくなかった。

「ところで、皇后陛下はダーシャ妃が無実だと信じておられますかな」

「わたくしに何がわかるというの」

「あなたならば真相をご存じのような気がするのです。わかったうえで、ダーシャ妃にも厳しいお気持ちでいるのではありませんか」

この英雄殿下はやはり空恐ろしい。この宮殿の猿芝居を楽しんでいる私すら含めて俯瞰《ふかん》している。シュバンシカは笑うしかなかった。

「わたくしはできるだけ傍観者でいたいのよ。子がいないのだから、後継争いには関係ないのですもの……だからイシュヌ様、もし皇帝になられることがあってもわたくしを殺したりしないでね。無力でか弱き女にすぎませんから」

イシュヌは思わず立ち上がった。

「なんてことおっしゃるのですか。冗談でも――」

「こんな大きな帝国でも、皇帝一家は誰かの些細《ささい》な感情に震えている。わたくしたち、なんて惨めなんでしょう」

シュバンシカも立ち上がり、ハウリカに行きましょうと促した。そのとき肩にかけていた鮮やかな薄衣《うすぎぬ》が落ちる。

「どうぞ、シュバンシカ様」

ヒガが立ち上がり、侍女より早くすぐに薄衣を拾って、シュバンシカに渡した。

「……ありがとう。ではお昼寝させていただきますわ」

侍女を連れ、シュバンシカは談話室を出た。

あとに残された男たちが何を思うかは想像がつく。

『あの女は恐ろしい』

そう考えていることだろう。実際、自分は恐ろしい女なのだと思う。

「ねえ、ハウリカ。あなたはダーシャを信じている？」

「私にはわかりません。どちらにしてもアヤン様のためになることが一番かと思っております」

彼女の興味はそこだけだろう。

「わたくしもアヤン様のお見舞いに行ってもよろしいかしら」

「もちろんでございます。なにゆえ私に訊かれるのですか」

「……さあ、それが正しいような気がしたのでしょうね」

夫と子供はマニワカの大河に還《かえ》った。いつかこの身もそこに行く。

六

「山界のお客様がそんなことを……？」

ダーシャは体を横たえたままだった。最近はだるくて立ち上がるのも辛い。生きている実感すらなかった。昨日も長老会議議長の取り調べを受けたが、無実を訴える気力もなくなってきていた。議長のバクシ土侯は評定で一方的なことにならないよう努めると言ってくれたが、ダーシャを弁護してくれる者はいないという。

それだけに味方がいてくれるということにダーシャは震えた。

「ええ、ジュハク様というか、従者の方がおっしゃってくれました。ダーシャ様のために来たと」

だから挫《くじ》けてはいけないとヴァニは力強く言った。

「それは従者の方なの」

「ええ、でもジュハク様と対等にお話ししています。ジュハク様とはまるで親友のようでした。ヒガ様といって――」

ダーシャは体を起こした。

「ヒガ？」

「はい。ダーシャ様をご存じで、心配なさっています」

懐かしい名前に涙が込み上げてきた。ラーヒズヤが父親かもしれないと思っていたらしい、あの人懐っこい青年。

「ヒガが私のことを助けようとしてくれているなんて。それだけでどんなにか」

子供の頃、二、三日家に泊まっただけの人だった。忘れていなかったのは幼心にも惹きつけられたからだ。

「ですから、気をしっかり持ってください」

いつか何もかも嫌になって、そうよ私がやったのよ、それで満足なんでしょう、と叫んでしまうのではないかと怯《おび》えていたダーシャは侍女に励まされ肯いた。

「ありがとう……でも、無理をすればヒガが危ないことになるのではないかしら。私はもう両親を巻き込んでしまっている」

それどころかクワール族全体に大きな災厄を招くかもしれない。

「ジュハク様はとても現実を見据えている方なので、ヒガ様も無謀なことはなさらないと思います」

「どうやって……」

具体的なことは考えているのだろうか。ダーシャの知るヒガは出たとこ勝負の若者だった。

「たぶんですけど、誰がやったのかをはっきりさせるつもりなのかと思いました。そのせいかジュハク様は厳しいこともおっしゃって」

「どんなことをおっしゃったの」

ヴァニは少し躊躇ったが、顔を上げた。

「アヤン様の回復を祈られているのは、自分が助かるためなのか、アヤン様のことを想ってなのかと」

思ってもみないことだった。

ダーシャにとってアヤンは怖い人でしかなかった。歩み寄ろうとしても目も合わせてもらえない、二人の妻が悲しい最期を遂げた不吉な人だった。

いつか殺されるかもしれない、そんなことさえ思っていた。

好きとか嫌いとか、そういう問題ではなかった。夫婦だというのに。

(アヤン様は何を思い、どんな方だったのかしら)

初めてそんなことを思った。

「ジュハク様というのは鋭い方なのですね……恥ずかしく思います」

自分に怯え、それでも義務を果たそうと固い笑顔を作る幼い妻。

「でもアヤン様が私の心配を必要とするとは思えない」

「アヤン様がどう考えているかなんてどうでもいいじゃないですか。心配するのはこ

っちの勝手です。たとえ婚礼で初めて会った相手でも、夫婦なんですからとやかく言われる筋合いじゃありません。ダーシャ様がどう思うのかをジュハク様は考えていらっしゃったのかと思いました」

ヴァニはこんなにはっきり言う人だっただろうか。こちらが獄に繋がれている間にずいぶんしっかり者になったように見えた。

「私の気持ち……」

「だってダーシャ様を助けるにはダーシャ様の助けだって必要ですもの。何か思い出すことはありませんか。どうして寝室に毒があったのか、誰かに隠されたなら思い当たることはないでしょうか」

体が震えてきた。確かにダーシャには優しい侍女にすら言えない秘密があった。それがアヤンを死なせかけたのかもしれない。

言えば処刑される。両親も殺される。クワールに未来はなくなる。ずっとそれを言い訳にしていた。だが、抱え込んだ秘密のせいで真実にたどり着いてもらえないのなら、ヒガをも裏切る行為だ。

「ヴァニ……私は裁きを受けたい。内々ではなく、皆の前で」

今までそれから逃げていた。決まってしまえば死ぬしかないのだから。だが、それを避けてもいずれは死を求められる。

「ダーシャ様？」

「私の前の二人の妃殿下だって言いたいことはあったでしょう。でも、許されなかった。結局妃殿下とは名ばかりの弱い立場だった。そのうち毒杯を渡されるか、ここで弱って死ぬのを待つばかり。私は正しく裁かれる権利を求めます」

まだ気力と判断力があるうちに動かなければならない。


窓に肘をついて眺めながら、飛牙は家族のことを考えていた。

思えばずいぶん身勝手な夫だと思う。父親としても雑なものだ。それでもあそこに還らなければならない。

甜湘に出ていけと言われない限りは宿六亭主でいるつもりだった。長女の風蓮《ふうれん》は天官としての才がある子だ。次女の媛媛《えんえん》はまだ四つだが驚くほど生意気でこまっちゃくれている。末の子の恭慶は裏雲に言わせれば無垢《むく》だった頃の飛牙に瓜二《うりふた》つらしい。

そのうえ自分には裏雲も那兪もいる。

なんと恵まれていることか。

だからこそ、この国の皇帝一族が気の毒に思えた。王家だって幸せになっていいはずだ。いや、なれと思う。自分が不幸でありながら、民を幸せにするなんてのは神様だって無理な話だ。おまえら意地でも幸せになりやがれ。

そうでなければダーシャが救われない。

「何を考えているかだいたい想像がつくというのは辛いものだな」

裏雲の声がした。

この勘のいい片割れは、こちらが妻や子に想いを馳《は》せているとすぐに気づいてしまうのだ。

「始祖王灰歌《はいか》の生まれ変わりと誉れの高い妻と可愛い子供たち。遠い異国にいて想わないわけがないか」

「いやあ、甜湘はあれでけっこう抜けているし、子供らも可愛さ余ってなときもあるぞ。言うほどそんな素敵な家族ってわけでも——」

「何を照れて謙遜してる。まったく腹立たしい」

のろけても謙遜しても不機嫌にさせてしまう。裏雲の取り扱いはなかなか難しい。

というわけで、例によって話を変える。

「俺さ、誰がアヤンに毒を盛ったかはわかってきたんだよ」

「言えばいい」

「証拠がない。それに遺恨は残したくねえ」

裏雲は眉根を寄せた。

「それで証拠集めをする気か」

「もちろん。多少危険なことになるかもしれないから、英雄殿下は大人しくしててくれ。俺は自由な従者だし」

裏雲はつかつかと近づいてきた。

「考えていることをすべて言え。相手は手段を選ばない」

「要は二十年以上前のシュリア皇子の殺害から続く因縁だと思うんだよ。そこからもう固定観念を捨てて、頭を切り替えて考えてみる必要があるんじゃないかと思うわけだ」

「そんな古いことまでわかるか」

飛牙はにっと笑った。

「白翼仙は天のお墨付きの知恵者だろうが、この国のことは俺のほうが理解が深い。まあ、任せておけよ」

そうは言ったものの大僧長を失ったのは痛いところだ。

「殿下のことは殿下より私のほうが理解が深い。身だしなみには気をつけておけ」

裏雲は飛牙の肩に落ちていた髪の毛を一本摘まんだ。

「そうだな、気をつけるわ」

飛牙は部屋を出ると、気さくに奉公人たちに話しかけてみた。ここで先代皇帝の頃からいる者は誰かを突き止める。

倉庫番の一人が一番古いようだったが、生憎《あいにく》皇帝一族の確執なんて重いことまではあまり知らなかったようだ。

「子供の頃は皇帝陛下も兄君と仲が良いときもあったのですよ。二つ違いで同じ母君でしたから。ご性格は対照的でしたが。懐かしいですねえ、あの頃はよかった」

しみじみと老人が語った。相手の懐に入り、こういう昔話を引き出すのは上手《うま》い。人の警戒心を解きほぐすのは得意技だ。

「なかなか子供のままではいられないですもんね。淋《さみ》しいもんだ」

「本当に……なんで悲しいことになっちまうんだか。今でも正直信じられないですよ。山界のお方だから言えますけどね」

「ご兄弟のお子さんたちも怖かったんだろうな」

「そりゃもう、緊張してましたよ。アヤン様とイシュヌ様なんて兄弟みたいにもなれたんでしょうが、なかなかねえ。リーディ姫は夜泣きばかりしてたとか。妃殿下同士もぴりぴりしちまうし。先代が急死なされなければもう少し余裕が持てたと思うんですが、土侯が集まった長老会議も対立するわで」

ちょうどかつて越《えつ》国でおこった、一の宮と二の宮の世継ぎ争いのようなことになったということだろう。

「山界でもありましたね。どこの国も大変だ」

「そうですか、うちだけじゃないと思えば仕方ないことですかねえ」

そんな話をしてから、庭に出た。

庭の水まきも兼ねて噴水が働いていた。そのそばに若い女と小さな女の子が散歩をしている。アヤンの妹リーディ皇女だ。連れの子供は彼女の娘だろう。

「リーディ様ですね、ご挨拶させてください。私はジュハク様の同行者でヒガと申します」

リーディは快く笑った。

「知っているわよ、宴でお目にかかりましたもの。お話はできませんでしたけど、山界の美神が二人並んで目映《まばゆ》い限りだったわ」

気難しそうな女だが、話してみるとさばさばしたものだった。

「それは誉めすぎです。私などはただの従者」

「そうでもないんでしょ。ジュハク様があれほど大事になさっているのだもの。宴席でジュハク様とお話ししましたけど、何か特別で濃密なご関係なのかと思ったほどよ」

いったい何を話したのか裏雲は。少しばかり焦った。

「冗談よ。そうなら面白いと思っただけ」

……喰《く》えない女だ。

「こちらは私の娘アイーダよ。なんだか気が滅入《めい》ることばかりでよその人と話せるのは楽しいわ」

「大僧長の悲劇のことですか」

「あれは政敵がいたんでしょうよ。大僧長はすべての寺院の頂点でしょう。補佐のハサーヴとか順番待ちをしているんじゃなくて？　私たちが思い悩むことじゃないわね。夫のことよ、早く跡継ぎの男児が欲しいってそればっかり。今は娘を可愛がればいいでしょ、少しいらっとするのよね」

意外にも夫婦の愚痴を口にした。もっとも夫のカビアが男の子を欲しがるのはその子が将来の皇帝になる可能性があるからだろう。その辺はリーディも承知の上でうんざりしているのかもしれない。

「可愛らしいお嬢さんです、リーディ様によく似ていらっしゃる」

「女なんてちっとも喜ばれないの。親にとっては格下の子供なのよ。山界ではどうなの？」

「確かに跡継ぎとしてまず男児を望みますね。女王国の王家は逆ですが」

女王国の話に、リーディは食いついてきた。

「女王国って素敵ね、そんな国があったっていいわ。私、兄様やイシュヌ殿下に比べて劣るなんて思ってないもの。あの二人よりよっぽど覇気があるわ。あ、こんなこと言っていたのは内緒よ」

「もちろんです。美しい婦人との会話は胸に秘めておきます」

飛牙は女慣れしたところを見せた。

「お上手だこと。皇后陛下が興味を持つわけだわ」

「お母様とはお呼びにならないのですか」

「あの人はこちらを我が子だなんて思っていないわよ。歳も八つしか違わないの。何を考えているのかわからない、気まぐれな女神なのよ」

リーディ皇女には継母《ままはは》はそう見えるらしい。

「この宮殿は侍女の方々までお綺麗ですね」

「それはそうよ。ある程度顔で選んでいるもの。ハウリカだって若い頃は美人だったわ。あの人はお母様に献身的に仕えてずっと独り。そういえば、ダーシャの侍女も夢中で走り回っているわね。侍女ってそんなにやりがいのあるものかしら」

リーディはふっと息を吐いた。

「もしかしてダーシャを助けたいの？」

「そんな話が耳に入りましたか」

「カビアはあれでなかなか情報通なの。気をつけるといいわ。あなたたちのことだって気にしている。意図がある、物見遊山じゃないのだろうなって」

「皇女様もダーシャ妃に罪があるとお思いですか」

「夫を殺したら大好きな田舎に帰ることができるかもね。あの子だっていやいや嫁いだんでしょ」

「本来、世継ぎの皇子の正妻というのは誰もが羨むものです」

「一人は政治に口を出したからといって疎まれ自害に追い込まれ、一人はどこへでも好きなところへ行けばいいと投げやりに夫に扱われ、絶望して許嫁だった男と逃げて殺された。どちらも一族郎党まで地獄を見たわ。お父様はメンツを重んじる人ですものね。だから兄様はダーシャには外出の許可すら与えなかったんでしょうよ」

リーディは娘を抱きかかえた。

「私が皇帝になったなら女の弱い立場をなんとかしたいわ。相続も不利で、女にだけ忍従や貞節を押しつけるなんて反吐《へど》が出る。死んだ母も気持ちが不安定になっていたわ。私にも野心はあるのかもしれない。でも私の場合、兄様だけじゃなくてイシュヌ殿下も取り除かないとね。私がそこまですると思う？」

「あまりにも危険ですね」

「でしょ。私だって人の親よ。今はこの子を守るのが一番。じゃあね、素敵な異邦の使者と話せて楽しかったわ。ダーシャが助かるといいわね。あとで何かいい話があったらあなただけにそっと伝えてあげる」

去って行くのを見送り、飛牙はつくづくと思う。意外と甜湘と気が合いそうな皇女だ。一人一人と話せば、そこに皇族ではない一個人の顔が見える。

（ムハンマ皇帝とも話してみたいものだ）

さすがにそこは従者という立ち位置では難しいように思えた。

七

飛牙はなかなか戻ってこなかった。

動き回るために、こちらに〈寿白殿下〉を押しつけたのだから、せいぜい自由を謳《おう》歌《か》していることだろう。

裏雲は紙にざっと宮殿の見取り図を描いていた。上階に、地下、離宮まで事細かに描く。そこに小さな花弁を置いていく。マニのジャスミンは控え目な香りをしていて、薄紫の可愛らしい花だ。

「あの……何をしてらっしゃるのですか」

嘉周は大きな体で小首を傾げていた。

この男を呼んだのは宮殿の見取り図を描くためだった。長くここにいる分、少なくとも自分よりは詳しい。

「術だ」

「いけません、ここでは呪術は禁じられています。もし知られたら、裏雲様——寿白
様でもただではすまない」

嘉周は狼狽《うろた》えた。

「心配しなくていい。呪術ではない。いってみれば……恋占いに近い」

この顔で恋占い、とでも思ったのか、嘉周はあっけにとられた。

「どなたか意中のご婦人がいるのですか。あ、シュバンシカ様はいけませんよ」

「私は間男ではない。君が心配するようなことではない。君もパールシとかいう街の
占い師を頼ったのではないのか」

「は？　いえ……その名は存じませんが」

思わず大きく息を吐いた。殿下の知り合いにろくな者はいない。

「ならいい、それより私の〈従者〉を探してきてくれ」

用済みなので体良く追い払うことにした。術には集中も必要だ。

嘉周が出ていくと裏雲は再びジャスミンの花を置いた。この一つ一つが宮殿の関係
者である。各自の部屋に花を置き、動きを確かめることによって互いにどう思ってい
るかを読むのだ。

好意、害意、緊張感などさまざまな想いがあるはず。この中でやれば術の精度は高い。裏雲は人差し指を額にあて、頭の中で文言を唱える。

皇帝とアヤンの花が小刻みに震えた。これは緊張した間柄であることを表している。微妙に悪意とは違う。

宮殿の外にはダーシャの花を置いてある。どうやらダーシャとアヤンの間も強い緊張感が見えているようだ。緊張は無関心とはほど遠い感情である。関心が強いからこそ緊張が走る。アヤンのほうもダーシャに対し、強い不安のようなものがあったようだ。決してどうでもいい妻ではなかったのだろう。

皇帝とイシュヌの間は緊張からやや害意に振れているかもしれない。これも当然だろう。かといって殺しまくれば皇族が滅ぶ。アヤンとイシュヌはあまり動きがない。穏やかな関係だったのか、互いに興味がなかったか。リーディ皇女は父と兄との間にささやかな緊張感がある。

「好意がないな」

肉親だというのに。だが、害意も見えない。

シュバンシカ皇后にいたってはすべてにおいて何もない。夫の戦死に関して皇帝を恨んでいるのかと思ったが、そうでもないらしい。

彼女の対人関係を一言で言うなら「どうでもいい」ということらしい。この女は死んでいるのだ。死人が生者の悲劇を喜劇として眺めている。

近しいとはいえ、侍従や侍女は事件がおこった宴には出ていない。それでも皇帝一族以外にも範囲を広げてみようかと思ったとき、嘉周が大急ぎで戻ってきた。

「従者は見つかったのか」

「いえ、わかりませんでした。それより、明日審議院にて評定が開かれます」

「評定？」

嘉周は息を整えた。

「要するにダーシャ妃の裁判です。ダーシャ様が真相が明らかになることを望まれたのです。寿白様と飛牙様のお二人に立ち会いを求めています」

裏雲は目を瞠った。

「それを皇帝が認めたのか」

「よくはわからないのですが、陛下はけりをつけられるなら、悪くないと思っているのではないでしょうか」

「アヤン皇子の出席は？」

「私にはなんとも。まだ話せないようですが、聞くことはできるとか。飛牙様のおっしゃるとおりなんらかの意思表示はできるかもしれませんが、ダーシャ妃ではないという証拠がなければどのみち……」

本来裁判とはあることを証明するべきなのだ。だが、この国に限らず天下でもないことを証明させようとする。こういうところは直していかなければならない。

「喜んで第三者として評定に立ち会うと伝えてくれ。それから大急ぎで私の従者を探し出さなければ」

飛牙は誰がアヤンに毒を盛ったかわかったと言っていた。彼がいないことには無罪にはできないだろう。

しかし、どこへ行ったのか、飛牙はなかなか見つからなかった。

裏雲は紙に挟んだ一本の髪の毛を見つめる。

明日の正午から開かれるという評定に間に合わなければ、ダーシャはただちに処刑されるかもしれない。

頭がずきずきしている。

あたりは真っ暗だった。もしかして怪我で視力を失っているのかもしれないが、とにかくどこを見ても闇だった。

黴《かび》の臭いが鼻をつく。

(臭いか……)

横たわったまま、まだ体が動かせていない。目眩《めまい》がして体を起こすことができなかった。

とりあえず何がおきたのかを思い出さなければならない。ここはマニ帝国で自分は宮殿にいた。ここでは裏雲が寿白殿下であり、こちらは案内人の従者飛牙だ。

一つ一つ思い出していく。

ラーヒズヤとの再会からの大山脈越え。

久しぶりに会ったパールシの変わらなさ。

皇帝、皇后、皇女にその夫、皇帝の甥、侍女たち、まだ会えていないダーシャ。

「そうだ……ダーシャの冤罪《えんざい》を晴らすんだったな」

両手は動くので頭を触ってみた。どうやら後頭部から血が出ているようだ。まあ、たいしたことはないだろう。元々石頭だ。

さて、この頭の怪我はどうしたのか。

転んだのか、誰かにやられたのか。

直前に何をしていたのかを思い出さなければならない。倉庫番の老人と話して、それからリーディ皇女と会った。

気の強そうな女は嫌いじゃない——いや、そんなことじゃなくて。

「庭で会ったあと、リーディ皇女からの文を貰ったんだ」

街に行こうとしたら、下働きの女がリーディ様からと言って渡してきた。

ダーシャのことで内密の話があるから、宮殿の地下に来てほしいと書かれていた。いい話があればあとで伝えるとは言っていたから、早いなとは思いながら言われたとおり宮殿に戻り地下に降りた。

石造りの宮殿の地下はひんやりして暗い。あちこちに灯りはあったが、それも作業が行われる場所に集中している。倉庫も地下にあった。

食糧の貯蔵庫、奥には牢もあったようだ。一度、ダーシャの両親がいるのではないかとそこも調べたことがあった。残念ながらいなかったが、それもあって詳しくなっていた。

そうか、使われていない区分けされた倉庫だ。そこで待っていると文にあったから向かったのだ。すでにリーディが先に来たあとだったのか、そこにも灯りが置かれていた。

飛牙は懐にしまった文を探したが、なくなっている。

つまり殴られて盗《と》られたのだろう。文をよこしたのもリーディかどうかは怪しいというわけだ。

間抜けなことに簡単におびき寄せられてしまった。

「じゃ、ここは地下のあそこか」

なんとか起き上がったが天井が低いらしく、頭をぶつけた。よけいに怪我をしそうだ。どうやら密閉された真っ暗なところに閉じ込められているらしい。

俺なんか狙ってどうするんだ――英雄殿下でもない案内役の山界人だ。もしかしたら、大僧長が殺されたのもこちらをはめる目的だったのだろうか。

とどめをさされることなく閉じ込められているということは、おそらくこちらの過失死に見えることを狙っているか、単に行方不明にしたいのか。

黴臭さもあってか、少し咳《せ》き込《こ》んだ。

『飛牙が煎れてくれるお茶が一番好きだ。だからなるべくそばにいてくれ』

甜湘に言われたことがあった。

ふらふらして、まったくろくでもない亭主だ。夫を縛り付けたくない甜湘が控え目に言った愛情表現だろうに。飛牙の煎れるお茶など適当で薄くて匂いもなければ、水と変わらない。

『私はきっと燕国の良き女王になる。見守っていてほしい。どこに行ってもいい。でも必ず戻ってきて』

妻が夫に課した唯一の約束。

死ぬわけにはいかない。

（あ……）

痛む頭が思い出した。

声を出すと空気がなくなりそうなので、思うだけにしておく。

まずはここを出なければならない。

殺されそうになったことは数知れないが、これはけっこうな危機かもしれない。裏雲が気づいてくれることに期待して、内側から音をさせるしかないと判断した。

こつこつと鳴らしながら、さほど怯えていないことに気づく。

（俺にはあいつがいる）

厚かましいだけかもしれないが、宮殿を破壊してでも裏雲が助けにくるような気がしていた。

第四章

一

シュバンシカは着替えを始めた。

これから特別な評定が始まるのだという。皇子の妻を裁く場だ。それも夫を殺そうとした容疑で。

この国にも裁きというものはある。一方的に罰しないために、または罪を逃れさせないために。

もっともそれが女のために開かれることはわずかだ。裁きの前に家族に裁かれる。その判決はたいてい死刑だ。

評定という権利を皇子の妃殿下は駆使することにしたらしい。たとえ極刑となっても皆の前で発言することを選んだのだ。

しかも山界《さんかい》の貴人を立会人に求めた。

「やる気が出たみたいね」

しゃがんで裾を直していたハウリカが顔を上げた。

「何かおっしゃいましたか」

「楽しみだって言ったのよ」

ハウリカは吐息を漏らす。

「ダーシャ様が毒杯を呑《の》まされることがですか」

この侍女にはよほど冷たい女だと思われているらしい。けっこう優しく接してきたつもりなのに。

「毒は苦しむわ。嫌な処刑ね」

「アヤン様が毒を盛られた以上はおそらく毒には毒ということになります。この国は長くそういう刑罰でした」

「前の二人の妃殿下は何をしてあんな最期になったの？　そんな理屈は辻褄《つじつま》が合わないわ」

一人は追い詰められ自決せざるを得なかった。一人は絶望して逃げて殺された。彼女たちの言い分は何一つ残されていない。

（私はこの国が憎い）

私の夫も子供も帰ってこない。

皇帝の後妻の話が来たとき、復讐《ふくしゅう》したいと思った。身近にいればいくらでもできるだろう。

しかし、皇帝は思ったほど獰猛《どうもう》な男でもなかった。すでに病に蝕《むしば》まれていて、子作りなどできそうにもなかった。

時に兄の亡霊に怯《おび》え、時に戦に負けて亡国の王として死ぬ夢を見る。

玉座はムハンマを幸せにしなかった。そんな男に復讐してなんになるだろう。後妻となって半年もたった頃にはそんな気持ちもなくなっていた。

夫は過酷な戦で援軍もないまま、絶望の中死にかかって戻ってきた。傭兵《ようへい》だという山界の若者が背負ってきてくれたのだ。それがあの飛牙《ひが》という男。

最後に話すことができた。

それでも悲しみ続けていて、シュバンシカは小さな息子が熱を出していることに気づけなかった。

(私の可愛《かわい》い子供が死んだのは私のせい)

そのことを受け入れるしかなかった。

素晴らしい衣装を身につけ、宝石で飾り、美しい皇后に叶《かな》えられないことはなかった。夫と子供が帰ってこないという現実以外は。

生きている実感もないまま過ごしてきたけれど、今日は奇跡が見たい。

「お妃《きさき》様たちのことはアヤン様にとってお辛《つら》いことでした。アヤン様は必ず元気になられて立派な統治者になってくださるでしょう」

「ハウリカが気にするのはアヤン様のことばかりね」

「それがディクシャ様のたった一つのお望みでしたから」

無事にアヤンが皇帝となる。先の皇后はそれだけを残された者に託し亡くなった。皇后ディクシャは夫と息子の考え方の違いに気づいていただろう。だからこそ不安でならなかったに違いない。

「皇位につくことだけが幸せではないと皇后陛下は思わなかったのかしら」

「……ディクシャ様は間近で夫とその兄の争いを見てこられました」

皇位を継がなければ息子は夫に殺される。愛情深き母親はその恐怖に取り憑《つ》かれたのだろうか。

「前はいやがっていたのに、最近はディクシャ様のことを話してくれるわね」

「私も肩の荷をおろしたいのかもしれません」

没落土侯の娘で、すでに身寄りもないという侍女はずいぶんと老いた。アヤンが毒を盛られたと聞いたときは倒れてしまったほどだ。

「評定なんて初めてだわ。私にも意見を言う機会は与えてもらえるのかしら」

「長老会議の議長が皇后陛下の挙手を無視なさるわけがございません」

「そう。それはよかった」

「ですが、皇帝陛下は女が目立つことをするのを望まないかもしれません」

「ああ、それはそうね。あの方は確かに。どうしてかしらね」

「陛下の母君はシュリア様のほうを可愛がっておいででした」

母親は自分より兄のほうを可愛がった。それがムハンマの性格付けとなったとしたら、ずいぶんと根深いのだろう。六十にもなる男でも引きずるのかはわからないが、古株の侍女はそこに遠因を見ているらしい。

「もちろん親にだって理由はあります。シュリア様のほうが子供の頃から心遣いのできる方だったそうです。確かに穏やかで人を信じてくださる方でした」

子供が複数いれば親子にも相性が生じるだろう。それを親の責めとは言えない。神々だって自分の子に好き嫌いがあるくらいだもの。

人は神の雛形《ひながた》。

我《わ》が儘《まま》で身勝手で愚かで。

支度を終えたシュバンシカは最後に鏡を見て意志を感じさせる眉に整えた。

「準備はいいの、ハウリカ？　あなたも出るのよ」

「何故《なぜ》私まで。侍女ごときが」

ハウリカは困惑していた。

「もちろんダーシャ妃の侍女が出廷するためよ。だからそれぞれの侍従や侍女も出られるようにしたのでしょう。ダーシャ妃の希望を揃《そろ》えたの」

「誰がそんなことを」

「もちろんわたくしよ。皇后として初めて強権を振るったわ。この舞台には全員参加してもらうのよ。シュリア様やディクシャ様にだって見守ってもらう」

サイラ妃やユクタ妃も。亡霊がいるというなら、今こそその姿を見せるべきだ。無残に死んだ二人の妃殿下も出てきていい。

「……シュバンシカ様？」

「わたくしはずっと死んでいるようなものだったけど、今日は生者として参加するわ」

あの異邦の雄たちがきっとすべてを明らかにする。

この宮殿に法廷という場所はない。

審議院と呼ばれる離れがそれに当たるだろう。皇族の一員である皇子の妻が裁かれるというのは初めてのこと。

シュバンシカは案内された席に座った。ハウリカは奉公人たちの席にいる。彼女の隣にはダーシャの侍女ヴァニがいた。

真ん中に座らされるのは十六の少女にとってどれほど苦痛だろうか。

リーディとカビアの夫婦がシュバンシカの隣に座った。いつもより表情は硬い。

イシュヌは長年の侍従を伴い、斜め後ろに座った。アヤンの死、あるいは病による廃嫡でもっとも得をする人物であることは間違いなく、ダーシャと同時にイシュヌの嫌疑も浮き彫りにされることになる。

皇帝は長老議員側に腰をおろした。それが習わしだからだ。数十人の者たちが集まり、裁かれる少女を待っていた。

「ジュハク様たちはどうなさったのかしら」

「ええ、遅いですわね」

シュバンシカとリーディは入り口を振り返った。

扉が開いて入ってきたのはダーシャ一人だった。警備の兵を一人従え、前を見て中央に向かう。

（……変わったわね）

痩せたせいもあるだろうが、その双眸《そうぼう》はきりりとしてかつての弱々しい風情は影を潜めていた。生殺与奪を他者に預けることをやめた者の目なのだろう。

「それでは審議に入りますが――」

議長の声を押しとどめるように、待ってくださいとヴァニが立ち上がった。

「ジュハク様とヒガ様も立ち会うことになっています。どうか、それまでお待ちください」

侍女が言い出すなど前代未聞だっただろう。

「お二人を探していますが、見つからないそうです。立ち会いを拒まれたのではありませんか」

長老議員の一人が答えた。

「そんなことはありません」

ヴァニは必死だった。表情に切羽詰まったものが見える。ダーシャも不安そうに入り口を見つめていた。

「遅れた者が悪い。それは異邦の貴人でも同じこと。開廷せよ」

座ったままそう告げたのは皇帝であった。これでは誰も反論できない。ヴァニも悔しそうに口を閉じた。

「陛下、もう少しだけでも……」

「ならぬ」

シュバンシカの口添えも退けられた。

このまま山界の二人がいない中で始まってしまうのかと思われたとき、扉が開かれた。頭に怪我《けが》をしているヒガとそれを支えるジュハクが現れたのだ。

（ぎりぎりに来るなんて、さすがね）

シュバンシカは笑いたくなった。

頭から血を流しているヒガの様子に周りの者たちが驚く。

「大丈夫ですか、何があったのです」

ヒガは少しぼんやりした顔つきをしていたが、それでも手を上げた。

「なんともない。ちょっとな」

「遅くなり申し訳ない。事情はあとで説明いたしますので、審議を始めてください。我々も必ずやお役にたちます」

ジュハクが厳しい表情でそう言うと、皆も納得するしかなかった。

席についたヒガの頭に布を巻いてやり、甲斐甲斐《かいがい》しく世話をする様子はまるで主従が逆のように見えた。

「……それでは始めよ。アヤンの妻ダーシャに罪があるか否か、あるならどのような処罰をするべきか。ここで決めるのだ」

二

この件の調査を任されていた議員が事件の説明をしていく。

無礼講の宴《うたげ》の席でアヤンが悶絶《もんぜつ》して倒れたこと。それまでアヤンの周りにはムハンマ皇帝以外の身内が近づき、話しかけている。無論、身内以外も、たとえば長老会議の議員なども皇子とお近づきになろうとひっきりなしで、アヤンが一人でいられた時間はわずかなもの。

アヤンはあまり酒を呑むほうではなく、減らない酒杯を円卓に置くことも多かった。機会は多くの者にあったことになる。

その点を説明すると、飛牙が挙手をした。

「つまり、ダーシャ妃じゃなくても可能だった。そこは間違いないわけですね」

頭を押さえながらやる気をみせる飛牙に議員も肯《うなず》くしかない。

「それはそのとおりです。なにゆえダーシャ様が投獄されるに至ったかといいますと、翌日の捜索で寝室からドクゼリの粉末が見つかったためです。これはアヤン様に盛られたものと一致します」

「失礼ですが、なにゆえ妃殿下の寝室を捜索なされたのですか。何か確信でも？　それとも他の方の部屋も調べられたのですか」

「皇帝陛下の命により皆の部屋を捜索しました。もちろん両陛下の部屋もです」

なるほど、皇帝は公正を心がけ徹底したらしい。

「しかし、調べられたのは翌日。その間、いくらでも処分できるのではありませんか。粉末など下水に流してしまうなり、地面に撒《ま》いてしまうなりどうとでもなります。ダーシャ妃が毒を所持しておく必要があるでしょうか。比較的容易に手に入る毒なのでしょう」

「ですが、見つかったのは事実なのです」

やたら張り切る英雄殿下の従者に議員も汗を流していた。

「それに対し、ダーシャ妃はなんと説明したのですか」

もはや飛牙は挙手もしない。裏雲《りうん》は呆《あき》れて見守っていた。本当ならこんなことより怪我の手当てを優先したいのだが、それどころではないらしい。

「ダーシャ妃はただ知らないとおっしゃいました」

「実際、誰かがダーシャ妃の部屋に毒を隠すことも可能なわけですよね」

「否定できませんが、ある程度限られてくるかと」

ここでカビアが手を上げ、発言を求めた。

「皇族や要人の部屋に入れるのは奉公人なのではありませんか。とくにお付きの侍女であれば簡単です」

これにはヴァニが飛び上がった。

「わ、私、そんなことしてません」

「その侍女はずいぶん不審な動きを見せているようですが」

「それはダーシャ様の疑いを晴らしたくて――だって、ダーシャ様じゃないならどなたかがやったんです」

ヴァニの叫びに室内がざわめいた。侍女風情が言うにはいささか問題発言ではあっただろう。

「ヴァニ、やめてちょうだい」

「ですけど、言わないと」

侍女を制し、ダーシャは立ち上がった。

「ドクゼリは私が持っていたものです。嫁ぐとき荷物に隠して持ってきました」

裁かれているダーシャの告白に騒然となる。ヴァニすら初めて聞いたらしく、声を失っている。自白したと考えた者も多かったようだが、それは違う。裏雲は悠然と構え、飛牙に任せた。

「ダーシャ様は罪を認められるのですか」

議長が確認する。

「違います。私はアヤン様に毒を盛ったりしていません。ドクゼリを持ってきたのは、もしものとき私が自害するためです」

「なにゆえそのような」

ダーシャは泣きそうになるのを堪《こら》えた顔でまっすぐ皇帝を見据えた。

「怖かったからです。前の二人のお妃様のことは聞いておりました。嫁げばどんなことになるのか恐ろしかった。でも、一族のためにもこのお話をお断りすることはできませんでした」

ダーシャの説明は非常に説得力があった。その状況は誰でも知っていたのだから、若い娘の行動として納得できるものであった。

「恐ろしいか、未来の皇后になるのが」

低い声で呟《つぶや》いたのは皇帝ムハンマだった。辺境の小娘に侮辱されたと感じたのかもしれない。

「私の身分では本来そのような立場にありません。身分の高い先のお妃様たちがそのようなことになったのなら、私など顧みられることもないでしょう」

ダーシャは歯嚙《はが》みして答えた。

「あの女たちにはそれだけの罪があった。何もしなければ、おまえも恐れることはあるまいっ」

脅すような皇帝の声にダーシャはすくみ上がる。

「お待ちください、皇帝陛下。ダーシャ様がおっしゃっているのはあくまでご心情です。前の妃殿下たちの罪状はここでは語るべきではないかと」

議長が皇帝に釘《くぎ》を刺した。この件で利害のないバクシ土侯には公正に進めようという気持ちはあるらしい。

「ダーシャ様はご自分が用意した毒がアヤン様に盛られたとお思いですか」

「……わかりません。私は確実に死ねるよう多目に持ってきていました。減っているのかもよくわからなかった。なにより、しばらくは持ってきたことを忘れていたくらいです。あの毒が使われたなら私に罪がないとは言えないのかもしれません」

その点についてダーシャは頭《こうべ》を垂れた。

「ダーシャ妃の毒であるという結論は出ていたのかしら」

シュバンシカも尋ねた。

「ドクゼリであることは間違いないと医者も断言しています」

「どこのドクゼリかまではわかるわけないわね」

リーディは足を組んだ。

「しかし、誰よりも機会があり、毒を所持していたことも間違いない。ご夫妻の間も良好とは言いかねるではありませんか」

議員の一人が言い切った。辺境の部族から妃殿下が出たことを快く思わない者も少なくない。

「私はアヤン様に毒を盛ったりしていません」

隠し事を打ち明けたダーシャにはもうそれしか言うべきことはなかっただろう。

「ダーシャ妃のお部屋から、かりに誰かが毒を盗んだとしたらどうでしょうか」

裏雲は初めて口を開いた。

少し飛牙が何を考えているのかわかってきたのだ。まずはダーシャに毒を所持していたことを告白させたかったに違いない。

「そうなるとジュハク様、また侍女が怪しいということに戻りませんか」

カビアは侍女のヴァニに良《い》い印象がないのかもしれない。

「何故私がそんなことをする必要があるんですか。なにより侍女はあの宴にはいませんでした」

ヴァニは憮然《ぶぜん》と言い返した。

「そうですね、侍従に侍女……いなかった者には無理でしょう。ドクゼリの粉末が杯に入っていたなら誰だって汚れていることに気づきます。アヤン様は最初の乾杯のとき、一杯飲んでいる」

イシュヌは考え考え、慎重に意見した。誰でもよかったわけではなく、標的がアヤンであることを改めて言った。

(この件は時間稼ぎさえできればいい)

誰がアヤンに毒を盛ったかなど、実に簡単なことなのだから。本人に認めさせればいいこと。

「侍女でなくてもダーシャ妃の部屋に簡単に入ることができる者はいるでしょう」

飛牙は入り口を見た。

そのとき扉が開く。外からアヤン皇子を背負った嘉周《かしゅう》が現れた。その場は騒ぎとなった。

「何をしている。その狼藉《ろうぜき》者の山界人を捕らえ、アヤンを保護せよ」

皇帝が立ち上がって叫んだ。

「お待ちください。私がカシュウ殿に頼んだのです。アヤン皇子を証人として連れてきてほしいと」

裏雲ははっきりと言った。実際、それを求めたのは飛牙だが、ここはジュハク殿下ということにしておいたほうがいい。

「いかに英雄殿下であろうと、無礼であろう。アヤンは何も証言などできぬ」

「医師には同伴していただいています。話すことはできなくとも、是非を問うことはできるのです」

嘉周とアヤンの背後で医者が縮こまっていた。彼にとっても命がけらしい。

「おのれ、そこの医者、首を刎《は》ねられたいのか」

「陛下、静まってください。わたくしがお医者に命じたのです。アヤン様の出廷をお認めください。アヤン様は意思表示ができます」

シュバンシカが夫に目をやった。

「おまえはなんということを」

「アヤン様も出廷したいとおっしゃいました。そうですよね、アヤン様」

嘉周に背負われたアヤンが力強く肯いてみせると、その様子にどよめきがおこった。

「アヤン様に話してもらうのが一番でしょう。出廷を認めます」

議長はアヤンがゆったり座ることのできる椅子を用意させた。皇帝の意に逆らうことになり、緊張が走っていた。

「アヤン様、お久しゅう……無理はなさらないで」

久しぶりに会えた夫の姿に、ダーシャは涙ぐんだ。それに対してもアヤンは肯いてみせた。

「ダ……」

名を呼ぼうとしたがどうしてもうまく声にならなかった。

「このとおり、アヤン様は肯くことで答えることができます。試しに俺も質問してみましょう」

飛牙はアヤンと目を合わせた。

「あなたに毒を盛ったのはダーシャ様ですか」

アヤンは首を横に振ろうとしたが、それはうまくいかず少し肩を揺らしただけだった。

「ダーシャ様ではありませんね」

アヤンは肯く。

「こういうことです。アヤン様の運動機能では首を横に振ることがうまくできません。そのかわり上半身を少しひねることができるのです。体をひねれば否やということです」

そのとおりとアヤンは肯いた。どれほど必死でこの状態を理解してもらおうとしていることか。

「では、誰がアヤン様に毒を盛ったのか、はっきりさせましょう」

飛牙はじっとアヤンを見つめた。

「あの宴のとき、自分の酒杯に毒を入れたのはあなたですよね、アヤン様」

しっかり肯いたアヤンにその場が静まり返った。

「は……い」

呂律《ろれつ》の回っていない様子ではあったが、それは「はい」と誰にも聞こえた。

「あなたは妻の寝室で毒を見つけた。おそらく自害のためだろうと予想がついた。亡くなられた二人の前妻のこともあり、あなたは自らをずっと責めていた。衆目の前で自害したかった。なぜなら、そうすれば他の者に疑いがかからないだろうと考えたから。毒は以前から手に入れていましたか？　粉末になっていたので妻が持っているものと同じ毒とも気づかなかった？」

　アヤンは肯く。

「だが、止められては困るので今から死ぬと宣言するわけにもいかない。そのために懐には遺書を畳んで用意していた」

　またもアヤンが肯く。

「純然たる遺書ですね、アヤン様。誰かへの告発文の類いではない。生きているのが嫌になった、そんな内容でしょうか」

　それにもアヤンは肯いた。

「しかし、そんな遺書はなかったはずです」

　議長がもっともな疑問を呈する。

「簡単なこと。毒杯を呷《あお》り倒れたアヤン様に駆け寄った者が懐に紙が畳まれていることに気づいて抜き取っただけです。混乱していたのでしょう？　思い出してください、誰が駆け寄りましたか」

　イシュヌが立ち上がった。

「皇帝陛下が抱き寄せました。私はアヤン様の喉に嘔吐物《おうと》がつまっているのを見て、指を入れて掻《か》き出《だ》しました。そして駆け寄ってきたダーシャ様がすがって泣き出していたのは覚えています」

「待ってください。ダーシャ様は駆け寄ってきたのですか。つまりそのときは離れていた？」

「私の記憶が正しいなら、確かそうです」

その答えに、飛牙は満足して何度も肯いた。

「なるほど、アヤン皇子はちゃんと妻が離れていたときを狙って毒杯を呷いだわけだ。追い詰められていたにしては気遣いができていたわけですね。わざと邪険に追い払った？」

肯くアヤンを見て、ダーシャは目を潤ませた。

「さらにダーシャ様に遺書を隠す理由があるとは思えません。疑われて処刑されていたかもしれないのですから。他の方々は？」

「皇后陛下とリーディ様、カビア様も駆け寄ってこられましたが、アヤン様には触れていなかったと思います」

そうなると残るは皇帝とイシュヌということになる。

「待ってください。私にもその理由はないはずです。皇子が亡くなるか、廃嫡されるかするなら私に理由があるのはわかりますが、遺書を隠す理由はない」

「イシュヌ様のおっしゃることはもっともです。自害しようとした皇子に皇位が継げるとは思えませんからね。たとえ後からでも皇子の自筆遺書は出したほうがいい。イシュヌ様に皇位への野心がおありなら」

リーディが立ち上がった。

「それじゃお父様しか残らないじゃないの」

「そう、皇子の遺書を隠したのは皇帝陛下だと思いますよ。皇帝陛下が遺書を隠す理由。これは皇子を廃嫡させないため。不仲とはいえ、跡取りは他にいないなら望みは残したい。その時点ではどの程度深刻な病状かわからないうえに、まだ読んでもいないから、遺書とははっきりわかったわけでもない」

皇帝は拳で卓を叩《たた》いた。

「ジュハク殿下、この痴《し》れ者《もの》を斬れ。我が国と戦をしたいのか」

裏雲は座ったままだった。

「斬り捨てるなら最後まで聞かれてはいかがですか。かりに戦になっても死ぬのは陛下ではなく長尾根を越える兵です。彼を私ごとここで始末しても、この人数の口を塞ぐのは容易ではない」

裏雲の援護に、飛牙はにっこり笑った。

「アヤン皇子の件はあくまで自害であって、遺書を隠した他は何かした者はいないんだ。息子を廃嫡したくないという親の気持ちをそこまで責めはしない。ダーシャ妃に濡《ぬ》れ衣《ぎぬ》がかかったこと以外は。陛下もダーシャを貶《おとし》めたかったわけじゃないだろう。毒を所持していたことは許しがたかったかもしれないが。認めてくれ、俺は十六の小娘を冤罪《えんざい》で死なせたくないだけだ。皇子もそう思ったからここにいる。皇帝ともあろう者がこんなことで嘘《うそ》をついてはいけない」

例によって話しているうちに言葉遣いも普段に戻っていたが、そんなことはどうでもよかった。

付き添ってきた医者がおずおずと挙手をした。

「陛下……もう一度お伝えいたします。アヤン様に完治の見込みは――」

「もうよいっ」

皇帝は目眩《めまい》でも起こしたか倒れるように椅子に崩れ落ちた。

「では、ダーシャ妃は無罪放免ということでよろしいですな」

議長が評定の結論を出すと、皆は黙って肯いた。

「大僧長の件はこのこととは無関係ということですか」

議員の中から声が上がる。

「そちらは咎人《とがにん》を捜索中ですからな。この場で我々が審議することでもないでしょう。ダーシャ妃は罪無しということです」

「待って。私の両親は？」

ダーシャは問《と》い質《ただ》した。

「ご無事ですよ。本日を以《もっ》て解放です。では、本会はこれにて」

議長が閉会を宣言したが、議員たちのざわめきは消えない。

「帰れ、邪魔だ」

皇帝が怒鳴ると、議員たちは審議院から去っていった。このあとの時間は長老会議ではなく、一族の問題だった。

「長老会議は終わったわ。次は家族会議といきましょうか」

シュバンシカは活《い》き活《い》きと言った。夫の危機などどうでもよいらしい。

三

「貴様にはほとほと愛想が尽きた」

皇帝はアヤンの前に立った。今にも摑《つか》みかかりそうな顔をしていたが、立ち上がることもできない息子にさすがにそれはしなかった。

「自害だと、馬鹿げている。そこまで不名誉なことをするのか。それでも私の息子なのか。貴様などに皇帝などできるわけがない」

お待ちください、とハウリカが駆け寄ってひれ伏した。

「どうか、それだけは。アヤン様は必ずや回復なさいます」

「黙れっ」

ハウリカを蹴ろうとした父親を、リーディが止めようと前に飛び出した。

「やめてお父様。ハウリカは私たちを育ててくれたのよ」

気の強い娘に制止され、皇帝は怒りの矛を収めた。

「家族会議というなら、奉公人たちは出ていけ。もちろん、そこの山界の客人もだ」

裏雲は一歩前に出た。

「いいえ、まだ私たちが必要です。ダーシャ妃の無実がはっきりしただけ。もちろん、奉公人の方々にも残ってもらいたい。そうなのだろう、飛牙」

飛牙はこくりと肯いた。

「そのとおり、全部すっきりしようや。まずはアヤン皇子のほうが先だな。アヤン様、あなたは皇位継承権を放棄しますか」

アヤンははっきり肯いた。当然だろう、そんなものに未練があったなら自害など図っていないのだ。

「アヤン様、なりません」

ハウリカが叫んだ。

「あなたが亡き皇后陛下に仕え、死に際にまで我が子の行く末を託されたのは想像に難くない。そうなんだろう、ハウリカさん。あなたはディクシャ様とともにこの宮殿へ来た。侍女というよりはもう一人の母親にまでなった。しかし、もうわかっているはずだ。アヤン皇子は皇帝が務まるほどに健康状態が戻ることはない。その奇跡はおきない。だが、別の奇跡ならおきるかもしれない。権力から離れ、静かに暮らし、心安らかに長生きするという奇跡なら」

次に飛牙はダーシャの手を取った。

「助けられてよかったよ、ダーシャ。これでラーヒズヤの決死の願いに応えることができた」

「……ラーヒズヤ？」

弟同然の少年の名に、ダーシャは目を丸くした。

「あいつがダーシャとクワール族を助けてくれと長尾根を越えてきた。ぼろぼろの体で俺に縋《すが》った。だからここまで来たんだ。俺を生かしてくれたクワール族とマニ帝国に借りを返すために」

ダーシャははらはらと涙を零《こぼ》した。

「あの子が……そんなことを。子供だと思っていたのに」

「立派な男だよ。将来はクワール族を引っ張っていくだろうさ。さて、ダーシャ。そしてもう一人おまえを大切に想《おも》った男がいる。おまえの夫だよ。アヤン皇子は前の妻二人を死なせてしまった。今度の妻こそ助けたかった。彼は切羽詰まった脳みそで考えた。いっそ自分が死ねばいいんだ。自分が生きているからこんなことになる。馬鹿な話だが、極限まで追い詰められた人間には疲れ果ててこう考える者もいる——消えてしまいたいと。俺も昔そう思ったからな」

ダーシャは濡《ぬ》れたままの目で夫を見つめた。

「死に損なった皇子はできれば自分の口で説明したかった。しかし、声はうまく出ない。声も出せず、字も書けないのであれば、自分の話は握りつぶされる。懐に入れた遺書が存在してないものとなっているなら、そうなるだろう。それで宴の夜、必死の想いで寝台から転がり落ちた。あとは体をくねらせながら這《は》って進む。疑われてしまったダーシャを助けなければならない。その一心だったが、力尽きる。どうだよ、ちょっと気持ちは病んでしまっているが、なかなかいい男だろう」

夫にとって自分は存在しないも同然なのだ、と思い込んでいたダーシャは夫の前で跪《ひざまず》いた。

「アヤン様……言ってくだされればよかった」

「それができない男もいるんだよ。さあ、どうするダーシャ。おまえは自由だ。離縁して村に戻ることだってできるぞ」

　ダーシャは肯いた。そして夫の手を握る。

「私は私の意思でアヤン様のおそばにいたいと思います。どこか静養できる場所を探しましょう、二人で暮らせるだけの小さな家で一緒に」

　アヤンは弱い力で握り返したようだ。初めて夫婦になれたのかもしれない。傍らでヴァニも涙ぐんでいた。

「ほら、玉座につかなくともアヤン皇子はやっと幸せになれそうだぜ。ハウリカさん、あんたの義理はたったんじゃないか」

　ハウリカは若い夫婦の様子をじっと見つめていた。

「さようでございますね……」

　これでアヤンのほうは解決だろう。病状がどこまでよくなるかはわからないが、どのみち皇帝はもう息子に継がせることを諦めている。

「わたくしも白状しなきゃいけませんね」

　シュバンシカは頬杖《ほおづえ》をついた。

「あのときアヤン様に駆け寄った陛下が懐から紙を引き抜くところをわたくし見たのです。だからなんとなく想像がついた。でも、想像で皇帝を責めることもできませんし、なによりどういうことになっていくのか、見ていたかったの。わたくしはここでは見物人のつもりでしたから」

「それでもダーシャ妃が処刑されないように気は配っていたわけですか」

裏雲に言われて、シュバンシカは笑った。

「望まぬ結婚をしたのは同じですから、できるなら助けたい気持ちはあったわ。わたくしも鬼じゃないの」

ダーシャとアヤンの夫婦に笑みが漏れた。

「嘆いているだけの私を叱ったのですね」

「夫を亡くしたあとの自分自身を見ているようでしたもの。できることはあったのに、子供まで亡くしたわ」

大人は誰かにおのれの過去を見るらしい。それは裏雲とて同じだった。だが、まだ大団円には達していない。

「大僧長殺しはいいのか。そのつもりかと思ったが」

「それに関しては本人に任せていいかな。もう一つの殺しも。皇子もダーシャも疲れただろう、少し休め」

飛牙が言うと、カビアはどういうことだと言い返した。

「大僧長の他のもう一つの殺しとはなんだ、本人に任せるってそりゃいったい——」

「行くわよ、あなた」

リーディが夫を引っ張り、審議院から出ていった。

そのあとに皆が続く。嘉周に背負われ、妻に付き添われ、アヤンも出ていった。誰もいなくなった審議院から最後に出てきたのは失意の皇帝であった。

※

夜も更けた頃、飛牙の部屋を訪ねた者がいた。

来るような気がしていた。すべてを話すために。

「夜のうちに逃げてもよかったんだよ」

訪問者は微《かす》かに笑った。

「私の人生はもう終わったのに、この人の笑顔を初めてみたかもしれない。そんな必要があるでしょうか」

ハウリカはすべてを達観したように言った。

夜の室内はわずかな灯《あか》りに揺れていた。疲れた女の顔には深い皺《しわ》がいくつもある。この宮殿で刻まれていったものだ。

「そうか、まあ座ってくれ」

「あなたはただの案内人ではないのでしょうね」

「昔、ジュハクって憐《あわ》れな子供がいたんだよ。国をなくして逃げ回った挙げ句、大山脈を越えて生き延びた奴《やつ》がな」

微笑《ほほえ》むとかつての美貌が偲《しの》ばれる。

「そういうことなのですね。手強《てごわ》いわけです。その子供は逃げるとき、もしものためにと毒も持たされていたのでしょうね。嫁ぐにあたって毒を隠し持っていたダーシャ様のお気持ちも想像できましたか」

「まあな。俺のことはいいや、そちらの話を聞く。何か呑むか」

ハウリカは首を振った。

「大寺院で私に気づいたのですね。だから大僧長を殺したのが私だとわかった」

「すれ違ったというほどでもないし、顔なんて見てなかった。すっぽり僧衣を着ていただろ」

「では何故わかったのですか」

大僧長は死に際に「お」と言いかけた。〝女〟と言いたかったのではないかと飛牙は思っていた。ただこんなことは犯人特定の証拠にはならない。確信を持ったのはそのあとだった。

「地下で頭をぶん殴られたとき、なんか微かに香りを嗅いだ気がしたんだよ」

「香り？」

本人には自覚がなかったようだ。

「シュバンシカとイシュヌと一緒に話したときだ。あなたが煎れるお茶はとても美味《おい》しかった。俺も何年かこの国にいたけれど、独特のスパイスが利いていて他のどこでも飲んだことのないお茶だった。皇后陛下のお茶なら特別な調合のお茶なんだろう。そこで気づいた。どこかで嗅いだような」

残り香も侮れませんね、とハウリカは天井を仰いだ。

「あなたが俺を殺そうとしなかったら、全容まではとてもとても。俺はダーシャを助けられればそれでよかったわけだし」

「申し訳ありません、お怪我は大丈夫でしょうか」

「石頭なんだよ。ラバル大僧長や俺に殺意を向けたのは保身かい？」

「大僧長様はいずれ思い出すかもしれないと思いました。私、あの方があの地位に就かれる前、先代の大僧長のお付きだった頃、たまたま暴漢に襲われたのを助けたことがありましたの」

そういえば大僧長はそんな話をしようとしていた。

「強かったわけだ」

「子供のときからディクシャ様の護衛でもありましたから」

「殺すほどのことか」

「どちらかといえばあなたが怖かったのです。いずれ行き着くと思いました。大僧長殺しであなたが捕まれば一石二鳥ですからね。私はまだ終わるわけにいかなかった。あんなことになったアヤン様を見守らなければならなかった。ラバル様には申し訳ないことをしましたが、あの方のご実家は我が家を没落させる原因になりましたし、暗い恨みがあったのかもしれません」

疲れた女は思い出しながら話を続ける。

「可愛らしいお子様たちでしたわ。アヤン様は真面目すぎるところがありました。リーディ様は少しこまっしゃくれた姫様で。あの頃は実質養育係でした。アヤン様は生真面目なところが仇《あだ》となりました。二人の妻の死に耐えられなかった。責任を感じすぎて壊れていきました。私としては家庭を持ち、幸せになっていただきたかった。ですが、跡継ぎのほしい皇帝陛下はすぐに三人目の妻を差し出したのです。優しくなどできるはずもありません。ご自分が死神にでもなったような気がしていたでしょう。下手に外出など認めればユクタ様のようなことになるかもしれない。だから関わらないようにしながらも、宮殿に閉じ込めるしかなかったのです。まだ少女でしかない妻の不幸そうな様子はアヤン様を追い詰めました」

王家に生まれたから王にふさわしいわけではない。そのことは飛牙も痛いほど承知している。

「アヤン様が毒で倒れたとき、最初は誰かに狙われていたのだと我が身の不甲斐《ふがい》なさを嘆きました。ですが、アヤン様を看護しているうちにそうではないとわかったのです。あの方は必死に咎人などいないと訴えようとしていました。ですが、自害を図ったとなれば、皇帝陛下は廃嫡するしかないと腹をくくると思いました。私はアヤン様を廃嫡させたくなかった。それではディクシャ様に申し訳がたたない。そう思い込んだのです。実は陛下こそが息子の自害を認めたくなかったなんて思いも寄らなかった。あの方も烈帝なんて呼ばれるほど強くはなかったのかもしれません」

「皇子は肯くことはできた。俺は最初にこう訊《き》くべきだった。あなたは自害しようとしたのですね、と。あのときそこまで頭が働いていればな」

裏雲ならそう訊いていたかもしれない。

「毒なんてやり方で、ダーシャじゃないと断ずることができるのはやった本人だけだろうに」

ハウリカは首を振った。

「いいえ、もしダーシャ様がやったとしても、アヤン様ならかばいます。そういう方なのです。一人目の奥方様も守ろうとしました。二人目の奥方様は許嫁《いいなずけ》と逃げましたが、それも逃げ切れるように消えたことを誤魔化そうとしたのです」

「そうか……」

「どうしてアヤン様の自害で、皇帝陛下が遺書を盗んだと思ったのですか」

「殺したい奴がいたなら助かったあとでもとどめは刺せた。さほど厳重に警護してた様子もなかったしな。むしろ世継ぎとしての皇子を守りたいのではないかと考えたわけだ。遺書を盗みたいのは皇帝かあなただろうと。でも侍女は宴の席にいなかった。そして皇帝は真っ先に駆けつけた。俺は単純なんで、複雑なことは考えない」

ハウリカはくすりと笑った。

「とぼけておいて、怖い方ですこと。今までの話からどうしてシュリア様のことまで思い至ったのかしら」

「皇帝が兄を殺したと噂《うわさ》にはなっていたようだが、本当かどうかわからないから一度疑ってみた。もちろん、俺を殺そうとした侍女を念頭において。リーディ皇女の手紙と見せかけての流れは素人とは思えなかった。大僧長のほうもそうだ。どこか手慣れている」

もはや若くはないが、目の前の女はかつて、ただの護衛や侍女などではなかったのだろう。

「私はまだ二十歳ほどの頃、ディクシャ様のお付きの侍女として宮殿に入りました。きらびやかで夢のようでしたわね。我が家もかつてはそれなりの土侯でしたが、すっかり落ちぶれていました。それを助けてくれたのがディクシャ様でしたし、ご恩を返さなければと張り切っておりました。当時は先代様がご存命でしたから、ディクシャ様は妃殿下。それも次男の妻ですから、夫が次期皇帝になるとは思っていませんでした。最初こそ死産なされましたが、二人のお子様に恵まれ、お幸せそうにも見えたものです。ムハンマ様には公妾《こうしょう》もいましたが、正妻として尊重していましたし、お優しいところもありました。ところが、当時の皇帝陛下はおっとりとした嫡男のシュリア様より、猛々《たけだけ》しい次男のムハンマ様のほうが皇帝に向いていると考えたのです。シュリア様は少しご病弱でしたから。でも、皇后陛下は物腰の柔らかなシュリア様のほうがお好きだったようです」

懐かしむようにハウリカは吐息を漏らした。

「皇帝と皇后の考えの違いが長老会議や土侯を巻き込んでいった？」

「そうなりましたわね。皆様、自分に都合のいい皇帝を求めますから。父親に推されると、ムハンマ様にも野心が生じます。兄弟の亀裂は目に見えてきました。どちらが死ぬだろうと、占い師まで言い出す始末。ですが、奥様が病で亡くなったことでシュリア様のほうが折れました。継承権を放棄しようとしたのですが、シュリア様は長男ですから支持してた方々は納得しません。アヤン様を亡き者にしてしまえば、イシュヌ様という嫡男のいるシュリア様のほうが有利になると考えた者がいたのでしょう。無防備な幼子に殺意が向けられたこともありました。ムハンマ様は警戒していましたからね。それまで夫の皇位にさほど関心のなかったディクシャ様は怒りました。

子を守るために鬼になったのです」

飛牙はまだ少し痛む頭を押さえた。

「あなたにシュリアを殺せと命じた？」

「……きっと私が勝手にそう受け止めてしまっただけなのでしょう。ディクシャ様にそこまでの意図はなかったのです」

「見上げた忠義だな。とうの昔に死んだ主人の罪までかぶるのか」

怒りが込み上げてきた。そういう忠義の重さに押し潰される者もいれば、それを利用する者もいる。

「ムハンマ様とアヤン様とリーディ様、そしてイシュヌ様には私が勝手にやったとお伝えください」

深く頭を下げ、ハウリカは立ち上がった。

「これにて失礼させていただきます。準備がありますので」

しずしずと去って行く侍女を見送り、飛牙はやりきれない想いで頰杖をついた。

「相変わらず甘いな」

隣の部屋から裏雲が入ってきた。客室は主人と従者の部屋が繫《つな》がっている。すべて聞いていたようだ。

「殿下を傷つけたというだけで万死に値するというのに」

こちらの忠義者もなかなか強烈だ。

「ハウリカはそのつもりだ。ならそれでいい」

「失《う》せ物《もの》探しはすっかり得意な術になった。少年の頃、これが使えればやさぐれる前に殿下を見つけられたろうに」

「あの頃は無理な話だ」

裏雲は飛牙の肩についていた髪の毛一本から居場所を突き止めた。危ないこともあろうかと保管していたのだろう。まさか、ぶん殴られて閉じ込められているとは思わなかったようだが。

「地下まで行ったが、円形の空間を囲むように扉だらけときた。片っ端から開けなければならないかと思ったが、一つなにやらきらめいている扉があった。蝶《ちょう》の鱗粉《りんぷん》だ」

「那命《なゆ》は連れてきてないぞ」

「そうとも、あの天令《てんれい》は天下《てんげ》でしかいられない。だが、ここにも殿下を守りたい蝶々はいるようだな」

大僧長が殺されたときも蝶が飛んでいた。飛牙の無実を宣言するためだけに一瞬生き返ったのはそういうことなのだろう。

(心当たりがないようなあるような……)

英雄様はいろんなものに守られて生きながらえている。

「血を流し、ぐったりとした殿下を見つけたとき、こちらの心臓が握りつぶされるようだった。ああいうのは……もうやめてくれ」

後ろから抱きしめられた。普段なら振り払うところだが、今回はそういうわけにもいかない。

「悪かったよ。でも、いい歳《とし》した男同士でこれはさ」

「黙れ」

「……はい」

助けられたのだから、大人しく抱きしめられているしかない。

あのあと、嘉周になんとしてもアヤンを連れてこいと頼み、すぐに審議院に向かった。シュバンシカの援護もあり、ダーシャを助けた。

「終わったのだから帰る。その前に一緒に船下りだ。海を見る。燕《えん》の女王に殿下を返すそれまでの間」

裏雲の呟きを深く考えるのはやめておいた。

今夜はきっといろんな思惑がある。想いを語り合う者もいれば、一生を終える者もいる。贅沢《ぜいたく》な宮殿の中に住まう者でも傷つき傷つける。

南の国の暑い夜は更けていく。

四

「あの人、浮気してたのよ」

リーディは笑って言った。

「ほらヴァニって子のこと責めてたでしょ。あれ、あの子がダーシャ妃の冤罪を晴らそうと利害関係のある連中を調べ回っていて、その現場を見られちゃったらしいの。馬鹿よね。女遊びぐらいで動じるほどこっちは繊細じゃないの。兄様夫婦のように清く美しくはないのよ。相手が何しようが図太く生きていくだけよ」

まったくいい性格の皇女様もいたものだ。飛牙はにやにやしながら肯いていた。皇帝が年内の隠居を宣言して少しばかり厳粛に受け止めていた宮殿の中にあって、一人元気に見えた。夫の弱みを握れたのが楽しかったのかもしれない。

「リーディ姫、あんたは女帝にならなくていいのかい」

「これ以上揉《も》めてどうするのよ。ハウリカにすべての責めを背負わせてしまったわ。あの人に育てられたから……」

「ご亭主は？」

「カビアだって血を見るのは嫌な人よ。ああ、今度山界と交易したいって言っていたわ。そういう手紙が来たら考えてやって」

どうやら旦那は向こうでその話を裏雲に盛んにしているようだ。

「さあ、俺は案内人に過ぎないからな」

「嘘ばっかり。山界の人って真面目な印象があったけど、あなたを見てるとそうでもないってわかったわ。さあ、行きなさいよ。まだまだ挨拶しておかなきゃならない人がいるんでしょ」

「他の連中も気づいているのか」

「カビア以外はね」

リーディにも身元詐称は気づかれていたらしい。

引き際も鮮やかな皇女から次はどこに行こうかと広い庭を眺めていると、イシュヌが嘉周を連れて駆け寄ってきた。

「ヒガ殿、あなたには本当に世話になりました」

次期皇帝は腰が低い。

「来年から陛下だな。もうちょっと貫禄《かんろく》あったほうがいいかも」

「私は太れない性質《たち》で。そこは難しいかもしれない」

イシュヌはくったくなく笑った。

「……私は臆病だった。とにかく父のように陛下に殺されないようにと首をすくめ、目立たないように生きてきました。それが父を死なせたのが皇帝陛下ではなかったとは……私の目は恐怖で曇っていたようですね。こんな男が次の皇帝とは」

「慎重な君主ってのもいいものだろ。嫁さん貰《もら》うのかい」

「縁談はひっきりなしです。僧籍を外れ、どなたかに皇后になっていただかなければならないでしょう。少々怖いですよ」

確かに一連のことには女たちが大きく関わっていた。アヤンの妻たちには可哀想《かわいそう》なことをした。

「俺は嫁さんがいて幸せだよ。あんたは辛抱強くて心の広い男だ、きっと嫁さんも幸せにするさ」

「ならいいのですが。でも、即位したらアヤン様の先の妃殿下一族への名誉回復も行うつもりです。そちらにも亡命していったとか」

「来てたよ。そうしてくれれば彼らも少しは救われるだろう」

「そちらのほうはお任せください。私が天下に戻り、話をつけてまいります」

嘉周が胸を叩いた。

「国に帰るのか」

「はい。ただあの……またここに戻るつもりです」

何故か嘉周が照れていた。

「皇帝の独裁ではやがて不満は爆発する。かといっていざというとき強権も発動できないようでは国は滅ぶ。これからが難しいのでしょう」

それでもここは世界と繋がっている。切り離された天下《てんげ》四国《しこく》のほうがこの先の課題は多いように思えた。

「皇帝になるのは嫌かい？」

「いいえ、やりがいはあります。今までの皇帝とは違うかもしれませんが、私なりのやり方で治めてみせます」

頼もしさが見えてきたようだ。

さて、皇帝夫妻がやってくるとイシュヌたちは遠慮して離れていった。威厳を備えるにはまだまだ遠いようだ。

「よくも私を追い詰めてくれたものだな」

アヤンの遺書を隠した件は土侯たちも知るところとなった。病による退位ということにはしてあるが、直接の原因はそこだ。

「俺にとってはダーシャ優先だったもので」

眼光鋭い皇帝と睨《にら》み合《あ》いになったが、シュバンシカが間に入った。

「陛下、おやめなさいませ。お礼を言ってくださる約束でしたでしょう」

「この軽佻《けいちょう》浮薄な顔を見たら、やはり文句の一つも言いたくなる」

ずいぶんな言われようだ。

「ごめんなさいね。これでも本当はどこかほっとしてるのよ。おかげで最近は少し体の具合もいいみたい。ずっと兄殺しの汚名も付きまとっていたのですものね」

「まだ信じられぬ。ハウリカが……いや、ディクシャが」

「最初からその不安を抱いていたから、自分ではないと弁明もなさらなかったのではなくて？」

妻に言われ、皇帝は肯いた。

「信じたくないこともあるのだ」

「それが陛下の悪いところですわ。息子の遺書まで握りつぶして。向き合って差し上げなかった」

シュバンシカはずけずけと言った。退位を決めたとはいえ、ここまで言えるのは彼女だけだろう。

「前の夫や子のことで憎んでいたのだろう」

「いいえ、皇帝一人を責めるのは間違っているってわかったつもりよ。こんな広い国の誰も彼もを見ていられるわけじゃない。非情なところも必要でしょうよ。国が異国に負ければ民だって奴隷まで身を落とすかもしれませんものね。でも、これからは妻一人を幸せにしてみてはいかがかしら」

ムハンマ皇帝は少したじろいだ。

「退位しても新皇帝に口出しばかりするようでは混乱のもとでしょう。それをさせないように見張ってあげる。体を労《いたわ》りながらでいいわ。わたくしのためだけに生きてちょうだい。宮殿を出て、わたくしが見たいと言った花を育てて、素直に人を慈しむ心を学び、女を喜ばす洒落《しゃれ》た話術も覚えるのよ」

ほほう、と飛牙は笑った。この夫婦もやり直すつもりのようだ。

「こんな口うるさい女になるとは」

「あなたに必要なのはそういう女よ」

こんな微笑ましい光景が見られるとは思わなかった。

「陛下ご夫妻が末永くお幸せでありますよう」

しっかりとマニ風の会釈をすると飛牙はその場を離れた。

やらかしてしまった王様だって幸せになっていい。未熟なりにこっちはこっちで精一杯だったのだ。そうだよなと言いたい気持ちになったくらいだ。どうしても飛牙の感情移入はそちらにいく。

盛大な見送り痛み入るが、そろそろ裏雲と一緒に宮殿を出ていいだろうか。あの寿白《じゅはく》至上主義の男が長く続く挨拶に切れかねない。

「ヒガ様、逃げちゃおうなんて思っていませんよね」

そうはいきません、とヴァニが腕を絡めてきた。猫のような目で見上げてくる。

「最後はダーシャ様とアヤン様ですからね。ほら、門の前で待っているんです。カシュウ様が車輪のついた椅子を作ってくれて、少し外にも出られるようになったんですから」

カシュウ様って頼りがいのある方ですよね、と頬を染めた。なにやら縁結びの神にでもなった気分だ。

「あれはいいな。手が動けば自分で移動できる」

「でしょう、さ、行きましょう。お元気になられているんです、驚きますよ」

ヴァニに手を引っ張られ、飛牙は皇子夫妻のところへと向かった。

すっかり美しくなったダーシャの姿は眩《まぶ》しいほどだった。運命に翻弄されるだけの少女ではない。

「やっと来てくださった。私の神」

ダーシャはそう言って飛牙を抱きしめた。英雄からさらに格が上がったらしい。

「そんなもんじゃないさ。そうそう、ラーヒズヤはそのうち帰ることができるだろう」

「なんとお礼を言えばいいのかわからない。大好きよ、ヒガ」

獄中の疲れも癒えてきたようだった。

「よく頑張ったよ。さすがはクワールの女だ」

「父様も母様も村に戻ったわ。思ったより元気そうで……シュバンシカ様が待遇がひどくならないよう、裏から手を回してくださったみたい」

「長尾根を越える前には村に寄るから、ニームたちにも会っておく。ダーシャも一緒に帰ろうって言われたんじゃないのか」

ダーシャは肯いた。

「今は大事な仕事があるもの。アヤン様を元気にしたいの」

「そうか。ま、ぼちぼちいけよ」

アヤンのほうに目をやると、ずいぶんと双眸に光が戻ってきているようだ。

「……あ……りがとう……」

アヤンが礼を言った。少し話せるようになったらしい。

「若い嫁さんは張り切りすぎるかもしれないけど、ゆっくり治していけばいいさ。いつかそこいけたら、今度はダーシャを支えてやってくれ」

力強く肯くアヤンの様子に飛牙としては感無量だった。

「サイラ様とユクタ様を改めて弔いたいとおっしゃってます」

「是非そうしてやってくれ、ダーシャの祈りなら通じるだろう」

あの裁きの場に彼女らもいたのかもしれない。

「皇子、親父《おやじ》さんを恨んでいるか」

アヤンは首を横に振った。否定もできるようになった。

「ならいい。恨みは体に悪いからな」

これでもう充分だった。

あとはただの旅人に戻るのみ。

「行こうぜ、ジュハク様」

カビアに捕まっていた裏雲を救出すると、一緒に宮殿の門を出て駆けていく。

遺恨も悲しみもどこかで一回洗い流さなきゃいけない。あの連中なら大丈夫。これにて一件落着だ。あとのことまで知るものか。

飛牙は子供のように飛び跳ねていた。

五

神は地面をこね、山を作る。

涙を流し、河を生む。

空へと海へと。

パールシの演奏も歌声も見事だが、おそらく内容は適当だろう。前回聴いたものと同じような歌だが、歌詞が微妙に雑になっている。

それでも大河の流れを眺めながら、この男の歌を聴くのはなんと贅沢なことかと裏雲は思った。

抱きしめたり、頬ずりしたりと、殿下への愛情表現はいささかどうかと思うが、天性の才というものは認めなければならない。それに、もうじきこの男ともお別れだ。

「やっぱりパールシはすごいわ。なんでみんな足を止めて聴かないんだろうな」

絶賛する殿下は通り過ぎる人々を見て首を傾《かし》げた。

「そりゃあそうだよ。君たちのためだけに歌っているんだから。他の者の耳には届かない」

濃い顔で微笑む。そんなわけはないのだが、とりあえず殿下は納得していた。

「マニワカの大河を下り、世界を満たす海へと渡る。これはそんな君たちへの安全祈願なんだよ」

「ただの短い船旅で、またすぐ山越えして戻るんだけどさ」

「そうかな。そちらの麗しの彼はできることなら、海の果てまでも君をさらって行きたいというような顔をしている」

裏雲は咳払《せきばら》いをした。

「殿下、船頭が呼んでいる。打ち合わせがしたいんじゃないか」

船着き場で半裸の男が手を振っているのを見て、殿下は急いで降りていった。

「人の考えを読むのは得意だが、自分の考えを読まれるのは苦手でね」

「ヒガのことになると全部顔に表れる。君の煩悩はそこに集約されているようだ。いっそ正直に生きてみたら」

裏雲は首を振った。

「殿下は天下四国の英雄。少なくとも殿下が生きている間はあの地に大きな争いはないだろう」

「君もせつないねえ」

笑顔で言われると腹立たしい。

「それでそちらは何者だ」

死人を一刻だけでも生き返らせるなんて術は裏雲だって使えない。

すぐには答えず、パールシはヴィーナを鳴らした。人を瞑想《めいそう》に誘うような音色が河や空まで極彩色に変えた。瞬きほどの時間にこの地の真理が風になって裏雲の胸をすり抜けていった。

「山界には翼仙《よくせん》なんてものがいるんだろ。この国でそれを見たなら、人は神と呼ぶだろう。物の見方ってやつだね」

充分な答えだった。

「私の殿下は妙なものに好かれやすい」

裏雲は立ち上がった。

「礼を言う。世話になった」

船に向かおうとしたとき、背後で風が吹いた。パールシの姿はなく、見上げれば紫の蝶が銀の輝跡を描いて空を舞っていた。

「原始、天の一部は蝶に化身し、世界に散った……」


大河を下る。

川とは世界の血管のごときもの。張り巡らし、潤す。

川岸に繰り広げられる人々の営みを眺めながら、裏雲は船旅を楽しんだ。川辺を行く象の列、骸《むくろ》を焼く煙。

裏雲の暮らす央湖《おうこ》のほとりは深い山の中。央湖は真っ黒な穴。それに比べ、この景色はどうだろう。

秩序なんだか無秩序なんだか。何もかもが雑多で、それすらも悠久という言葉に含まれている。

「……なんという大地だ」

「だろ。ここ来ると一回まっさらになって、良い感じにぐちゃぐちゃになる」

殿下は先輩ヅラで船に寝そべっていた。

「大山脈を越える技術も上がるだろう。案外空を飛ぶ乗り物だってできるのかもしれない。天下にいてもいずれは繋がる。だが……その前に来られてよかった」

「知の聖者にとってはたまんないか」

興奮しているのは知的好奇心ではなかった。もっとささやかなものだ。人はささやかでいいという想いだった。

「あれが海か……」

川の向こうに広がっていた。あまりにも大きな、日に照らされた塩の水。いくつもの船が浮かぶ。

「でかい魚がいるぞ。海老《えび》も美味《うま》いんだ」

日に焼けた殿下の顔は輝いていた。

(予定より少し長く……船旅もいいか)

留守番の宇春《うしゅん》と殿下の家族には申し訳ないが、二人でいたい。

海に出ると殿下は身を乗り出す。潮の匂いは思っていたほど良いものではないが、波にたゆたうこのひとときが永遠であるならば。

私はこんなことのために生まれてきたのだ。

少しばかり目の奥が熱くなったが、その前に吐き気のほうが込み上げてきた。どうやら翼仙であっても船酔いには勝てないものらしい。

「吐いてもいいぞ。海は懐が広いからな」

誰がそんな無様なことを。

頭の中で平常心の呪文を唱えてみたが、うまくいかなかった。

「看病してやっからさ」

……それなら悪くない。

裏雲は海の洗礼に身を任せた。

了

本書は書き下ろしです。

|著者|中村ふみ　秋田県生まれ。『裏閻魔』で第1回ゴールデン・エレファント賞大賞を受賞し、デビュー。他の著書に『陰陽師と無慈悲なあやかし』、『なぞとき紙芝居』、「夜見師《よみし》」シリーズ、「天下四国《てんげしこく》」シリーズなど。現在も秋田県在住。

異邦《いほう》の使者《ししゃ》　南天《なんてん》の神々《かみがみ》

中村《なかむら》ふみ

講談社文庫

定価はカバーに
表示してあります

2022年6月15日第1刷発行

KODANSHA

発行者──鈴木章一
発行所──株式会社　講談社
東京都文京区音羽2-12-21　〒112-8001
電話　出版 (03) 5395-3510
　　　販売 (03) 5395-5817
　　　業務 (03) 5395-3615

Printed in Japan

デザイン──菊地信義
本文データ制作─講談社デジタル製作
印刷───株式会社KPSプロダクツ
製本───株式会社国宝社

ISBN978-4-06-527967-0

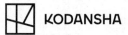

講談社文庫刊行の辞

二十一世紀の到来を目睫に望みながら、われわれはいま、人類史上かつて例を見ない巨大な転換期をむかえようとしている。

世界も、日本も、激動の予兆に対する期待とおののきを内に蔵して、未知の時代に歩み入ろうとしている。このときにあたり、創業の人野間清治の「ナショナル・エデュケイター」への志を現代に甦らせようと意図して、われわれはここに古今の文芸作品はいうまでもなく、ひろく人文・社会・自然の諸科学から東西の名著を網羅する、新しい綜合文庫の発刊を決意した。

激動の転換期はまた断絶の時代である。われわれは戦後二十五年間の出版文化のありかたへの深い反省をこめて、この断絶の時代にあえて人間的な持続を求めようとする。いたずらに浮薄な商業主義のあだ花を追い求めることなく、長期にわたって良書に生命をあたえようとつとめるところにしか、今後の出版文化の真の繁栄はあり得ないと信じるからである。

同時にわれわれはこの綜合文庫の刊行を通じて、人文・社会・自然の諸科学が、結局人間の学にほかならないことを立証しようと願っている。かつて知識とは、「汝自身を知る」ことにつきていた。現代社会の瑣末な情報の氾濫のなかから、力強い知識の源泉を掘り起し、技術文明のただなかに、生きた人間の姿を復活させること。それこそわれわれの切なる希求である。

われわれは権威に盲従せず、俗流に媚びることなく、渾然一体となって日本の「草の根」をかたちづくる若く新しい世代の人々に、心をこめてこの新しい綜合文庫をおくり届けたい。それは知識の泉であるとともに感受性のふるさとであり、もっとも有機的に組織され、社会に開かれた万人のための大学をめざしている。大方の支援と協力を衷心より切望してやまない。

一九七一年七月

野間省一

講談社文芸文庫

藤澤清造　西村賢太 編・校訂

狼の吐息／愛憎一念

藤澤清造　負の小説集

解説・年譜＝西村賢太

ふN1

貧苦と怨嗟を戯作精神で彩った作品群から歿後弟子・西村賢太が精選し、校訂を施す。新発見原稿を併せ、不屈を貫いた私小説家の〝負〟の意地の真髄を照射する。

978-4-06-516677-2

藤澤清造　西村賢太 編

根津権現前より

藤澤清造随筆集

解説＝六角精児　年譜＝西村賢太

ふN2

「歿後弟子」は、師の人生をなぞるかのようなその死の直前まで諸雑誌にあたり、編集・配列に意を用いていた。時空を超えた「魂の感応」の産物こそが本書である。

978-4-06-528090-4

講談社文庫　目録

講談社文庫　目録

額賀　澪　完パケ！
A・ネルソン　「ネルソンさん、あなたは人を殺しましたか？」
法月綸太郎　雪　密　室
法月綸太郎　法月綸太郎の冒険
法月綸太郎　新装版 密閉教室
法月綸太郎　怪盗グリフィン、絶体絶命
法月綸太郎　怪盗グリフィン対ラトウィッジ機関
法月綸太郎　キングを探せ
法月綸太郎　名探偵傑作短篇集　法月綸太郎篇
法月綸太郎　新装版 頼子のために
法月綸太郎　誰《たそ》彼《がれ》〈新装版〉
乃南アサ　不発弾
乃南アサ　地のはてから(上)(下)
野沢　尚　破線のマリス
野沢　尚　深　紅
野村克也
宮本慎也　師　弟
乗代《のりしろ》雄《ゆう》介《すけ》　十《じゅう》七《しち》八《はち》より
橋本　治　九十八歳になった私
原田泰治　わたしの信州

原田泰治
原田武雄　泰治が歩く〈原田泰治の物語〉
林　真理子　みんなの秘密
林　真理子　ミスキャスト
林　真理子　ミ　ル　キ　ー
林　真理子　新装版 星に願いを
林　真理子　野心と美貌〈中年心得帳〉
林　真理子　正　妻(上)(下)〈慶喜と美賀子〉
林　真理子　大《お》原《はら》御《ご》幸《こう》〈帯に生きた家族の物語〉
林　真理子　さくら、さくら〈おとなが恋して〈新装版〉〉
林　真理子
見城　徹　過剰な二人
原田宗典　スメル男〈新装版〉
帚木蓬生　日御子(上)(下)
帚木蓬生　襲　来(上)(下)
坂東眞砂子　欲　情
畑村洋太郎　失敗学のすすめ
畑村洋太郎　失敗学実践講義〈文庫増補版〉
はやみねかおる　都《ま》会《ち》のトム&ソーヤ(1)
はやみねかおる　都《ま》会《ち》のトム&ソーヤ(2)〈乱！　RUN！　ラン！〉
はやみねかおる　都《ま》会《ち》のトム&ソーヤ(3)〈いつになったら作戦《ミッション》終了？〉

はやみねかおる　都《ま》会《ち》のトム&ソーヤ(4)〈四重奏《カルテット》〉
はやみねかおる　都《ま》会《ち》のトム&ソーヤ(5)〈IN《イン》塀戸〉(上)(下)
はやみねかおる　都《ま》会《ち》のトム&ソーヤ(6)〈ぼくの家へおいで〉
はやみねかおる　都《ま》会《ち》のトム&ソーヤ(7)〈怪人は夢に舞う〈理論編〉〉
はやみねかおる　都《ま》会《ち》のトム&ソーヤ(8)〈怪人は夢に舞う〈実践編〉〉
はやみねかおる　都《ま》会《ち》のトム&ソーヤ(9)〈前夜祭《EVE》　内人《ないと》side〉
はやみねかおる　都《ま》会《ち》のトム&ソーヤ(10)〈前夜祭《EVE》　創也《そうや》side〉
原　武史　滝山コミューン一九七四
濱　嘉之　警視庁情報官〈シークレット・オフィサー〉
濱　嘉之　警視庁情報官　ハニートラップ
濱　嘉之　警視庁情報官　トリックスター
濱　嘉之　警視庁情報官　ブラックドナー
濱　嘉之　警視庁情報官　サイバージハード
濱　嘉之　警視庁情報官　ゴーストマネー
濱　嘉之　警視庁情報官　ノースブリザード
濱　嘉之　ヒトイチ　警視庁人事一課監察係
濱　嘉之　ヒトイチ　画像解析〈警視庁人事一課監察係〉
濱　嘉之　ヒトイチ　内部告発〈警視庁人事一課監察係〉
濱　嘉之　新装版 院内刑事

濱　嘉之　新装版 院内刑事〈ブラック・メディスン〉
濱　嘉之　院内刑事〈フェイク・レセプト〉
濱　嘉之　院内刑事 ザ・パンデミック
濱　嘉之　院内刑事 シャドウ・ペイシェンツ
馳　星周　ラフ・アンド・タフ
畠中　恵　アイスクリン強し
畠中　恵　若様組まいる
畠中　恵　若様とロマン
葉室　麟　風渡る
葉室　麟　風の軍師〈黒田官兵衛〉
葉室　麟　星火瞬く
葉室　麟　陽《かげ》炎《ろう》の門
葉室　麟　紫匂う
葉室　麟　山月庵茶会記
葉室　麟　津軽双花
長谷川　卓　嶽《がく》〈上・白銀《しろがね》渡り〉〈下・湖底の黄金〉神《じん》
長谷川　卓　嶽《がく》神《じん》伝《でん》 鬼《き》哭《こく》(上)(下)
長谷川　卓　嶽神列伝 逆渡《さかわた》り
長谷川　卓　嶽《がく》神《じん》伝《でん》 血路

長谷川　卓　嶽《がく》神《じん》伝《でん》 死地
長谷川　卓　嶽神伝 風花(上)(下)
原田マハ　夏を喪くす
原田マハ　風のマジム
原田マハ　あなたは、誰かの大切な人
畑野智美　海の見える街
畑野智美　南部芸能事務所 season5 コンビ
早見和真　東京ドーン
はあちゅう　半径5メートルの野望
はあちゅう　通りすがりのあなた
早坂　吝《やぶさか》　○○○○○○○○殺人事件
早坂　吝　虹の歯ブラシ〈上木《かみき》らいち発散〉
早坂　吝　誰も僕を裁けない
早坂　吝　双《そう》蛇《じゃ》密室
浜口倫太郎　22年目の告白〈—私が殺人犯です—〉
浜口倫太郎　廃校先生
浜口倫太郎　AI崩壊
原田伊織　明治維新という過ち〈日本を滅ぼした吉田松陰と長州テロリスト〉
原田伊織　列強の侵略を防いだ幕臣たち〈続・明治維新という過ち〉

原田伊織　〈明治維新という過ち・完結編〉虚像の西郷隆盛 虚構の明治150年
原田伊織　三流の維新 一流の江戸〈明治は「徳川近代」の模倣に過ぎない〉
葉《は》真《ま》中《なか》顕《あき》　ブラック・ドッグ
原　雄一　宿命〈國松警察庁長官を狙撃した男・捜査完結〉
平岩弓枝　花嫁の日
平岩弓枝　はやぶさ新八御用旅(一)〈東海道五十三次〉
平岩弓枝　はやぶさ新八御用旅(二)〈中仙道六十九次〉
平岩弓枝　はやぶさ新八御用旅(三)〈日光例幣使道の殺人〉
平岩弓枝　はやぶさ新八御用旅(四)〈北前船の事件〉
平岩弓枝　はやぶさ新八御用旅(五)〈諏訪の妖狐〉
平岩弓枝　はやぶさ新八御用旅(六)〈紅花染め秘帳〉
平岩弓枝　新装版 はやぶさ新八御用帳(一)〈大奥の恋人〉
平岩弓枝　新装版 はやぶさ新八御用帳(二)〈江戸の海賊〉
平岩弓枝　新装版 はやぶさ新八御用帳(三)〈又右衛門の女房〉
平岩弓枝　新装版 はやぶさ新八御用帳(四)〈鬼勘の娘〉
平岩弓枝　新装版 はやぶさ新八御用帳(五)〈御守殿おたき〉
平岩弓枝　新装版 はやぶさ新八御用帳(六)〈春月の雛〉
平岩弓枝　新装版 はやぶさ新八御用帳(七)〈寒椿の寺〉
平岩弓枝　新装版 はやぶさ新八御用帳(八)〈春怨 根津権現〉

講談社文庫　目録

平岩弓枝　新装版 はやぶさ新八御用帳(九)〈王子稲荷の女〉
平岩弓枝　新装版 はやぶさ新八御用帳(十)〈幽霊屋敷の女〉
東野圭吾　放課後
東野圭吾　卒業
東野圭吾　学生街の殺人
東野圭吾　魔球
東野圭吾　十字屋敷のピエロ
東野圭吾　眠りの森
東野圭吾　宿命
東野圭吾　変身
東野圭吾　仮面山荘殺人事件
東野圭吾　天使の耳
東野圭吾　ある閉ざされた雪の山荘で
東野圭吾　同級生
東野圭吾　名探偵の呪縛
東野圭吾　むかし僕が死んだ家
東野圭吾　虹を操る少年
東野圭吾　パラレルワールド・ラブストーリー
東野圭吾　天空の蜂

東野圭吾　どちらかが彼女を殺した
東野圭吾　名探偵の掟
東野圭吾　悪意
東野圭吾　私が彼を殺した
東野圭吾　嘘をもうひとつだけ
東野圭吾　赤い指
東野圭吾　流星の絆
東野圭吾　新装版 浪花少年探偵団
東野圭吾　新装版 しのぶセンセにサヨナラ
東野圭吾　新参者
東野圭吾　麒麟の翼
東野圭吾　パラドックス13
東野圭吾　祈りの幕が下りる時
東野圭吾　危険なビーナス
東野圭吾　時《トキ》生《オ》〈新装版〉
東野圭吾作家生活25周年祭り実行委員会　東野圭吾公式ガイド〈読者1万人が選んだ東野作品人気ランキング発表〉
東野圭吾作家生活35周年実行委員会 編　東野圭吾公式ガイド〈作家生活35周年ver.〉
平野啓一郎　高瀬川
平野啓一郎　ドーン

平野啓一郎　空白を満たしなさい(上)(下)
百田尚樹　永遠の0《ゼロ》
百田尚樹　輝く夜
百田尚樹　風の中のマリア
百田尚樹　影法師
百田尚樹　ボックス！(上)(下)
百田尚樹　海賊とよばれた男(上)(下)
平田オリザ　幕が上がる
東　直子　さようなら窓
蛭田亜紗子　凜
樋口卓治　ボクの妻と結婚してください。
樋口卓治　続・ボクの妻と結婚してください。
樋口卓治　喋る男
平山夢明　魂《たま》豆《どう》腐《ふ》〈大江戸怪談どたんばたん(土壇場譚)〉
東川篤哉　純喫茶「一服堂」の四季
東山彰良　流《りゅう》
東山彰良　女の子のことばかり考えていたら、1年が経っていた。
平田研也　小さな恋のうた
日野　草　ウェディング・マン

福澤徹三／糸柳寿昭　忌《い》み地〈怪談社奇聞録〉
福澤徹三／糸柳寿昭　忌《い》み地　弐〈怪談社奇聞録〉
藤井太洋　ハロー・ワールド
藤野嘉子　生き方がラクになる 60歳からは「小さくする」暮らし
福澤徹三　作家ごはん
辺見庸　抵抗論
星新一　エヌ氏の遊園地
星新一編　ショートショートの広場①〜⑨
本田靖春　不当逮捕
保阪正康　昭和史 七つの謎
堀江敏幸　熊の敷石
本格ミステリ作家クラブ編　ベスト本格ミステリ TOP5〈短編傑作選002〉
本格ミステリ作家クラブ編　ベスト本格ミステリ TOP5〈短編傑作選003〉
本格ミステリ作家クラブ編　ベスト本格ミステリ TOP5〈短編傑作選004〉
本格ミステリ作家クラブ選・編　本格王2019
本格ミステリ作家クラブ選・編　本格王2020
本格ミステリ作家クラブ選・編　本格王2021
本多孝好　君の隣に
本多孝好　チェーン・ポイズン〈新装版〉

穂村弘　整形前夜
穂村弘　ぼくの短歌ノート
穂村弘　野良猫を尊敬した日
堀川アサコ　幻想郵便局
堀川アサコ　幻想映画館
堀川アサコ　幻想日記店
堀川アサコ　幻想探偵社
堀川アサコ　幻想温泉郷
堀川アサコ　幻想短編集
堀川アサコ　幻想寝台車
堀川アサコ　幻想蒸気船
堀川アサコ　幻想商店街
堀川アサコ　幻想遊園地
堀川アサコ　魔法使ひ
本城雅人　境界〈横浜中華街・潜伏捜査〉
本城雅人　スカウト・デイズ
本城雅人　スカウト・バトル
本城雅人　嗤うエース
本城雅人　贅沢のススメ

本城雅人　誉れ高き勇敢なブルーよ
本城雅人　シューメーカーの足音
本城雅人　ミッドナイト・ジャーナル
本城雅人　紙の城
本城雅人　監督の問題
本城雅人　去り際のアーチ〈もう一打席！〉
本城雅人　時代
堀川惠子　裁かれた命〈死刑囚から届いた手紙〉
堀川惠子　死刑の基準〈「永山裁判」が遺したもの〉
堀川惠子　永山則夫〈封印された鑑定記録〉
堀川惠子　教誨師
堀川惠子　戦禍に生きた演劇人たち〈演出家・八田元夫と「桜隊」の悲劇〉
堀川惠子／小笠原信之　チンチン電車と女学生〈1945年8月6日・ヒロシマ〉
誉田哲也　Q《キ》r《ユ》o《ロ》s《ス》の女
松本清張　草の陰刻
松本清張　黄色い風土
松本清張　黒い樹海
松本清張　ガラスの城
松本清張　殺人行おくのほそ道(上)(下)

講談社文庫　目録

講談社文庫　目録

2022年3月15日現在